能小説 ──

堕とされた女捜査官

〈新装版〉

甲斐冬馬

竹書房ラブロマン文庫

目　次

第一章　媚薬責め

1

「それにしても、素晴らしい研究施設ですね」

桐沢夏希《きりさわなつき》は手帳とペンを持ち、笑みを絶やすことなく問いかけた。

柔らかい表情を心がけているが、一瞬たりとも気を抜くことはない。切れ長の瞳で事務所内を見まわし、すべてを完璧に記憶していく。

スラリとした肢体をグレーのスカートスーツに包んでいる。

ソファに浅く腰掛けて、膝から下を自然な感じで斜めに流していた。タイトミニから露出した太腿《ふともも》はナチュラルカラーのストッキングに包まれており、純白のブラウスは乳房を強調するぴっちりしたデザインだ。

三十歳を迎えてますます磨きがかかった肉体は、それ自体が武器になると認識している。ときおりストレートロングの黒髪を掻《か》きあげて上目遣《うわめづか》いに見あげるのも、男を惑わせて警戒心を解かせるための初歩的なテクニックだ。

「ここには日本屈指の設備が整っており、世界に誇れる研究をしています」

向かいのソファに腰をおろしている黒瀬昭治《くろせしょうじ》は、作り笑いを浮かべながら語っている。しかし、視線は先ほどから太腿にチラチラと向けられていた。

白衣を羽織っているので研究者らしく見えるが、肥えた腹は不健康そのものだ。禿《は》げあがった頭頂部を、周囲に残った髪で隠そうとしているのも見苦しい。とても医薬品研究施設の所長には見えなかった。

「我々の目的はお金儲けではありません。世界中の人たちを助けるため、新薬の開発に全力を注いでいるのです」

黒瀬は話に夢中になっている振りをして、中年太りの巨体を前のめりにした。タイトスカートの奥を覗こうとしているらしい。しだいに遠慮がなくなり、まるでナメクジが這《は》うように太腿を凝視してくる。ジャケットを押しのける勢いで飛びだした乳房の膨《ふく》らみにも、粘着質な目が向けられていた。

「素晴らしい理念です。共感しますわ」

内心で蔑《さげす》みながらも、感心したように頷《うなず》いてみせる。舐《な》めるような視線が気色悪いが、これも捜査には必要なことだった。

夏希は湾岸北署刑事課零係《ぜろがかり》に所属する特殊捜査官だ。医療系専門誌『メディシンジャーナル』の取材と称して、ここ『NF製薬研究所』に偽名を使って潜入している。

零係とは署内で「雑用係」と陰口を叩かれる窓際部署だ。しかし、じつは公安と深い繋《つな》がりがあり、密かにはびこる悪を撲滅するため、非合法な捜査を極秘裡《ごくひり》に行っている。全国の警察署の数ヵ所にひっそりと存在しているが、幹部クラスの関係者でもその実態を知る者はごく少数しかいないという機密機関だ。

(この男以外は今のところ問題なさそうね)

むしろクリーンすぎる事務所の雰囲気が気になった。

お茶を運んできた女性は礼儀正しく、パーティションの向こうから聞こえてくる電話の応対もしっかりしている。全員がてきぱきと働いており、だれた空気はいっさい感じられない。掃除も行き届いており、塵《ちり》ひとつ落ちていなかった。

どこからどう見ても至極まっとうな企業だ。急遽取り繕《つくろ》ったのなら、こうはいかないだろう。だからといって〝シロ〟ということにはならない。ブラック企業というのは、得てして表向きは健全な顔をしているものだ。一見まともな事業を展開して、なにも知らない真面目な社員を大勢抱えていることも珍しくない。

(この施設、やっぱりなにか匂うわね)

たった数分間の滞在で、疑惑は確信に変わっていた。

この施設の裏には、別の顔が隠されているような気がする。しいて言うなら匂いだ。夏希はなによりも自分の嗅覚——捜査官としての勘を信じていた。

ＮＦ製薬研究所では、違法ドラッグの製造が疑われている。

表面的には新薬の開発などを行っている研究施設だが、じつは指定暴力団Ｈ組のフロント企業で、売春組織とも繋がっているらしい。違法ドラッグの製造販売、さらにドラッグ漬けにされた女たちのいかがわしいショーで荒稼ぎしているという。

複数のタレコミ屋からの情報だ。信憑性《しんぴょう》はかなり高いが、噂だけで尻尾《しっぽ》が摑《つか》めていない。そこで零係に特命がくだった。医療専門誌の取材を装《よそお》った潜入捜査で、犯罪の証拠を摑むのが今回の任務だ。

「すべての病《やまい》を駆逐するのが、ＮＦ製薬の使命だと思っています。そうすることで、巡り巡って世界平和に繋がるんです」

黒瀬が熱弁を振るっている。ご大層なことを言っているが、視線は相変わらず夏希の胸と太腿に向いていた。

（それにしても、この男……）

さすがの夏希も笑顔が引きつりそうになってしまう。

黒瀬は鼻の穴をひろげながら、あからさまに視姦《しかん》してくる。ブラウスの胸をじっと見つめては舌なめずりして、太腿に視線を這わせては生唾《なまつば》を飲みこんでいた。

「ご立派です。黒瀬さんのお考え、ぜひ記事にさせていただきます」

適当に相づちを打ちながら、思わず肩をすくませる。

いくら見られることに慣れているとはいえ、背筋にゾゾッと悪寒《おかん》が走り、全身の皮膚に鳥肌がひろがった。

この男の情報はすでに頭に入っている。

自分の嗅覚の次に信頼を置いている部下の平岸圭介《ひらぎしけいすけ》が、事前に調査を進めて報告書をあげてくれた。記者として潜りこむ手筈を整えたのも圭介だ。二十七歳で三つ年下だが頼れる相棒だった。

絶対に失敗は許されない。なにしろ非合法の極秘任務なので、上層部からの援護を受けられない場合もある。常に死と隣り合わせの危険な仕事だ。だから、相棒との連携が零係の命綱だった。

黒瀬は四十八歳の独身で、これまで様々な医療関係施設で研究を行ってきた。三年前、ＮＦ製薬研究所の所長に就任し、現在も新薬の開発に取り組んでいる。報告書を見る限りは生粋《きっすい》の研究者ということになっていた。

「ところで、記者さん……」

黒瀬が立ちあがり、テーブルをまわりこんでくる。そして、なぜか夏希のすぐ隣にどっかりと腰掛けた。

「わたしの研究に興味があるんだろう？」

肩と肩が触れている。肥満体のため近づくだけで暑苦しく、汗の匂いが強烈だ。しかも、ひと言しゃべるたびに生臭い息が吹きかかった。

「は……はい……」

夏希は思わず身を硬くするが、黒瀬はさらに巨体を寄せてくる。

「スクープが欲しいんじゃないのか？　なんなら、最新の研究成果の情報を教えてあげてもいいんだよ」

「最新の情報……教えていただけるのですか？」

メディシンジャーナルの取材記者を演じているので、あっさり拒絶するのは不自然だ。スクープをチラつかされて逡巡している振りをした。

「まあ、キミの態度しだいだけどね」

黒瀬は声を潜めて、耳もとで囁《ささや》いてくる。生温かい息を耳孔《じこう》に吹きこまれて、たまらず全身の筋肉がビクッと反応した。

「ひっ……」

「ほう、敏感なんだねぇ。もう少しゆっくりお話をしようじゃないか」

グローブのように大きくてごつい手が、スーツの肩にまわされる。そして、もう片方の手が、タイトスカートから覗いている太腿に乗せられた。

「な……なにをなさるんですか？」

ストッキング越しにねちねちと撫でまわされて、思わず嫌悪感に身をよじる。

しかし、激しく抵抗することはできない。ここで揉めると取材がつづけられなくなり、潜入捜査を中断することになる。まだなにも摑んでいないのに、施設から追い出されるわけにはいかなかった。

「むちむちじゃないか。いい手触りだよ」

「あ……い、いやです」

「スクープはいらないのかな？」

「そ、それは……やンンっ」

男の手が内腿の隙間に滑りこんでくる。柔肉の感触を味わうように、少しずつ股間に向かって移動をはじめた。

「新薬の情報、キミにだけ流してあげてもいいんだよ」

「でも……やっ、困ります……こんなところ、誰かに見られたら」

夏希は困惑してパーティションに視線を向ける。この向こう側では、多くの社員たちが働いていた。

「大丈夫、しばらく誰も来ないように言ってある。ゆっくり楽しもうか」

黒瀬は執拗《しつよう》に迫ってくる。これがこの男の本性なのだろう。この様子だと職員のなかにも被害者がいるのではないか。調査をすればセクハラで立件できそうだが零係の仕事ではない。今は違法ドラッグの捜査が最優先だ。

「さあて、記者さんのここはどうなってるのかな？」

男の手がタイトスカートのなかに入りこみ、指先が内腿の付け根に到達する。汗ばんだ手のひらの感触にゾクッとして、反射的に太腿を強く閉じていた。

「ああっ……」

「おっと、そんなにきつく閉じたら手が動かせないよ」

黒瀬は楽しそうに言いながら、芋虫《いもむし》のような指をもぞもぞと動かしてくる。そうやって内腿の柔らかい肉の感触を楽しんでいた。

「も、もう……やめてください」

身体をまさぐられる汚辱感と羞恥に、自然と顔が赤くなってしまう。嫌がれば嫌がるほど、男を悦《よろこ》ばせるのはわかっている。突き飛ばすのは簡単だ。しかし、セクハラだけをやめさせて、取材を継続するのは難しかった。

「ほれほれ、もう少しで指がアソコに届きそうだぞぉ」

「あ……やっ……ああ……」

夏希は肩をすくめて太腿を懸命に閉じながら、ハンドバッグに手を伸ばした。

カシャッ――。

フラッシュの閃光が瞬く。さらに三回、シャッター音が連続して響き渡った。

「そろそろ取材を再開したいのですが、よろしいでしょうか」

ハンドバッグに忍ばせていたデジカメを右手に、にっこりと微笑《ほほえ》んでみせる。すると黒瀬は慌てて太腿から手を離し、怪訝《けげん》そうに顔を歪めた。

「なっ、なにをしている……なぜ写真を撮った」

「あら、すみません。指がシャッターに当たってしまって。すぐに消去しますね。こんな写真が出まわったら大変ですから」

夏希は軽い調子で言うと、目の前で写真のデータを消去する。そして、あらたまって黒瀬に向き直った。

「では、日が暮れる前に撮影したいので、敷地内を案内していただけますか。写真がないと、編集長になにをしていたのか追及されてしまいますから」

あくまでも笑顔は崩さない。下手に出ているようだが、これ以上のセクハラは許さないと目力で男を圧倒した。

「くっ……ま、まあ、そうだな。少々脱線しましたが取材をつづけますか」

黒瀬は渋々といった感じで承諾する。これ以上強引に迫るのは危険と判断したらしい。最低のセクハラ男も、引き際はわかっているようだった。

（まったく……カメラがあってよかったわ）

夏希は警戒心を解くことなく、しかし内心ほっと胸を撫でおろした。

この施設に持ちこめる電子機器は極端に制限されている。研究データの漏洩《ろうえい》を防ぐためという理由で、出入りの際はゲートで金属探知機を通らなければならない。当然ながら、銃や刃物などの武器は携行できなかった。

本来、カメラも持ちこめないが、今回は取材なので特別に許可がおりていた。とはいっても撮影は許可が必要だし、後でデータをチェックするという。だから犯罪の証拠を撮影したら、マイクロSDカードに保存して持ちだすつもりでいた。

女の身体は男よりも隠す場所が多い。マイクロSDカードなら、体内に収めることができる。金属探知機に反応したとしても、まさか全裸にはされないだろう。万が一念入りに調べられたとしても、奥深くに収めておけばいいだけの話だ。

「それでは、ご案内しましょう」

黒瀬が気を取り直したようにソファから腰を浮かせる。夏希も隙を見せないように、しかし平静を装って立ちあがった。

「せっかく熱心な記者さんが来てくれたんですから、特別に所長のわたしが案内させていただきましょう」

「それはお忙しいところ、ありがとうございます」

夏希は笑顔で返しながら、さりげなく男の目の奥を覗きこんだ。

懲《こ》りもせず欲望の炎を燃やし、太鼓腹《たいこばら》を揺すって「ははは っ」と笑っている。品性の下劣さが漂ってくるようで、とてもまともな研究者とは思えなかった。

事務所から出ると、すでに日が傾きかけていた。

黒瀬の案内で施設内を歩いてまわった。三階建ての研究棟がいくつも建っており、それぞれ『第一研究棟』『第二研究棟』と名前がついている。第一研究棟のなかを見せてもらうと、白衣姿の人たちが研究に没頭していた。

他にも体育館のように大きな建物がふたつあり、倉庫として使われている。そこも取材させてもらったが、フォークリフトが走りまわっているだけで、特別疑うようなところはなかった。

「大きな倉庫ですね。写真撮影してもよろしいでしょうか」

「ええ、どうぞどうぞ」

黒瀬の言動は相変わらず軽薄だ。胸もとをチラチラと盗み見してくるが、夏希はあえて気づかない振りをして巨大倉庫を何枚も撮影した。

さらに研究棟にもレンズを向けて、順番にシャッターを切っていく。写真は一枚でも多い方がいい。偶然なにかが写りこむ可能性もある。そこから犯罪の尻尾を摑めるかもしれないのだ。

「勝手なことをしないでください。許可なく撮影されては困りますよ」

第七研究棟にカメラを向けたとき、黒瀬がレンズの前に立ち塞がった。口角はあがっているが目は笑っていない。これまでとは明らかに雰囲気が異なっていた。

「すみませんでした。ずいぶん厳重なんですね」

「それは、あれですよ、研究成果が漏《も》れたら大損害ですから」

黒瀬は頬の筋肉を微かにヒクつかせながら取り繕った。

なにか釈然としない。夏希はデジカメをバッグにしまうと、第七研究棟を指差した。

「あの建物のなかも見学させてもらえますか？」

なんとなく気にかかる。捜査官としての勘が怪しいと告げていた。

なぜか第七研究棟だけ人の動きがまったくない。他の建物は研究者らしき白衣姿の男たちが、ごく普通に出入りをしていた。

「先ほど第一研究棟を見たでしょう。なかは全部同じですよ」

拒絶の意思を強く感じたのは気のせいだろうか。夏希は作り笑顔で頷きながら、視界の隅に映る第七研究棟を記憶のなかに刷りこんだ。

2

（絶対なにかある……）

夏希は第七研究棟の裏手にまわりこんでいた。

偽りの取材を終えると、いったん帰る振りをしてから、守衛に忘れ物をしたと告げて施設内に戻った。

植えこみの陰で体勢を低くして、周囲に鋭い視線を巡らせる。

西の空を染めていたオレンジ色が、徐々に黒く塗りつぶされていく。外灯に明かりがつく直前のこの時間帯が一番闇に紛《まぎ》れやすい。ヒールが音をたてないように気をつけながら、しなやかな身のこなしで建物の裏口に近づいた。

ドアノブに手を掛けるが鍵《かぎ》がかかっている。見たところごく普通のシリンダー錠で、他にセキュリティーが施されているわけではなさそうだ。ゲートでは金属探知機まで使っているのに、施設内の警備は意外とずさんだった。

(もしかして、ハズレ?)

迷ったのは一瞬だ。捜査官の嗅覚はここが怪しいと告げていた。

この第七研究棟は違法ドラッグに関与しているのではないか。製造工場があるのか、もしくは大量に貯蔵されている倉庫だと踏んでいた。

非合法な潜入捜査こそ零係の真骨頂だ。

単独捜査は危険をともなうが、時間までに戻らなければパートナーの圭介が手を打つことになっている。とにかく手ぶらで帰るわけにはいかない。今回は記者として入りこめたが、次も取材許可がおりるとは限らないのだ。

夏希は耳の上をまさぐり、髪のなかから二本のヘアピンを取りだした。

ゲートで金属探知機に反応したが、ただのヘアピンなので問題なかった。二本のヘアピンを伸ばし、鍵穴にそっと差し入れる。慣れた手つきでいじると、十秒ほどでカチリと小さな音がして解錠した。

一般的なシリンダー錠なら、ヘアピンだけで十五秒あれば開けられる。潜入捜査官として特殊な訓練を受けていれば、これくらいは当然のことだ。潜《くぐ》ってきた修羅場の数も、普通の刑事とは比べ物にならなかった。

ドアを薄く開き、そっとなかを覗きこむ。第一研究棟は白衣の研究者が忙しそうに働いていたが、ここは薄暗くて廃墟のようにガランとしている。途中パーティションで仕切られており、奥まで確認できなかった。

(やっぱり、なにかあるわね)

黒瀬の態度を思い返しても、この建物が使われていないのは不自然だ。

夏希は物音ひとつたてずに身体を室内に滑りこませた。体勢を低く保った状態で素早く室内を見まわし、誰もいないことを確認する。そっとドアを閉めると、リノリウムの床にヒールで立ちあがった。

あまりにも静かすぎる。

人の気配がないからといって安心できない。窓に明かりが見えなかったので、怪しいのは地下室だ。おそらく階段はパーティションの向こうにあるのだろう。

五感を研《と》ぎ澄ませて、ゆっくりと歩を進めていく。

ヒールなのにまったく音が出ないのは訓練の賜物《たまもの》だ。両手をだらりと垂らした一見無防備な格好だが、切れ長の瞳は薄闇のなかで鋭い光を放っていた。

パーティションの脇を通ろうとしたとき、微かな空気の揺らぎを感じ、直後に黒い影がムクムクと起きあがった。

「ここでなにをしている」

感情がいっさい感じられない低い声だ。

身長はゆうに百九十センチ以上あるだろう。プロレスラーのようにがっしりした体型で、黒いズボンに黒の長袖《ながそで》Tシャツを着ている。両手にはご丁寧に黒革製の手袋まで嵌《は》めていた。闇に溶けこむことを目的とした服装だ。

「きゃっ……」

夏希は内心身構えながらも、表面上は驚いた振りをして肩をすくめた。

男の目は意思を持たないマネキンのようだ。しかし、全身に染みついた血の匂いまでは隠しようがなかった。

(プロね……それも一流だわ)

完全に気配を隠しており、直前まで気づかなかった。

目と耳に全神経を集中させて周囲を検索する。どうやら、このフロアに隠れていたのはひとりだけのようだ。少し拍子抜けするが油断はできない。プロを雇っているということは、ここが違法ドラッグに関わる施設だと思って間違いないだろう。

「ここでなにをしている」

男が同じ質問を繰り返す。まるで録音した声を再生したようだった。

「ごめんなさい。なんか間違えちゃったみたい」

申し訳なさそうな顔を作って謝罪する。わざと内股になり、タイトスカートから覗く太腿を弱々しく擦り合わせた。

できるだけ穏便にやり過ごしたい。騒ぎを起こすと捜査の時間が短くなり、証拠を隠滅される可能性も高くなる。いっさいバレることなく、犯罪の痕跡だけを押さえて引きあげるのが潜入捜査の理想だった。

「ここの職員じゃないな」

男は太腿に惑わされることなく、威圧感たっぷりに近づいてきた。

見あげるような大男だ。普通の人間ならこの時点で足がすくんでいるだろう。圧倒的な迫力に加えて、全身から殺気が滲《にじ》みだしていた。

男は左手を伸ばし、夏希の右手首を強く握った。まるで万力で締めあげるような凄まじい握力だ。革手袋がギュッギュッと嫌な音をたてていた。

「い、痛いわ……」

か弱い声を漏らして身をよじる。腰をくねくねさせるが、男は完全に無視して距離を詰めてきた。

（女の武器は効果なし……やっぱり一流ね）

男の右手が首に向かって伸びてきて、殺意すら感じるほどの力でギリギリと絞められる。不審者には躊躇《ちゅうちょ》なく危害を加えてもいいと許可されているのだろう。

「女に暴力を振るう気？」

夏希は膝を曲げて腰を落とすと、男の右腕を頭上にやり過ごし、全身のバネを利かせて伸びあがる勢いで、渾身《こんしん》の膝蹴りを股間に打ちこんだ。

ドスッ――。

鈍い音とともに、嫌な感触が膝に伝わってくる。

無表情だった男の顔が激痛に歪み、全身がガタガタと震えだす。しかし、声を漏らさない精神力は見あげたものだ。

「でも、こういうときは声をあげて仲間を呼ばなきゃ」

夏希は自由になった右手で、男の顎《あご》に掌底《しょうてい》を突きあげた。次の瞬間、大木のような巨体がどっと崩れ落ちる。完全に気を失い、肉の塊《かたまり》に成りさがっていた。

「所詮は一流……どんなにがんばっても超一流には敵《かな》わないわ」

呼吸ひとつ乱れていない。平常心も保たれていた。

特別な訓練を受けて、空手、柔道、サンボなどあらゆる実戦格闘技に夏希は精通している。とくに柔術は黒帯の腕前だ。徒手空拳《としゅくうけん》で一対一なら、屈強な大男が相手でも負ける気がしなかった。

（さてと、選択肢はふたつね）

危険を承知で潜入をつづけるか、それとも潔く撤退するか。

ＮＦ製薬はプロの殺し屋を配備していた。まだ何人もいるはずだ。おそらく、この男から定時連絡がなければ、すぐに他の連中が駆けつけるに違いない。悔しいけれど、ここは勇気ある撤退を選択するべきだろう。

ほんの一瞬で決断するが、フロアの奥がにわかにザワついた。

「遅かったみたいね」

薄闇のなかから、黒ずくめの男が三人現れて小走りに近づいてくる。予測よりも来るのが早い。ちょうど定時連絡の時間だったのだろうか。

夏希は素早く壁を背にすると、気持ちを戦闘モードに切り替えた。

もうか弱い女を演じる必要はない。膝を緩めて若干腰を落とし、下半身のバネを蓄える。両手は軽く拳を握り、自然な感じで顎の高さまで持ちあげた。

ヒールを脱ぐ暇はないが、三人ならなんとかなるだろう。

仲間が倒されているのを見て警戒したのか、屈強な男たちは不用意に接近してこない。打撃の射程距離に入らず、夏希を等間隔に取り囲んだ。

「ふうん……あなたたちもプロみたいね」

夏希は隙を見せることなく、敵の戦力を分析する。

真正面にひとり、左右の視界が切れるギリギリのところにひとりずつ。三人とも筋肉の塊のような大男だが、敏捷性《びんしょう》もありそうだ。先ほどの男と同等、もしくはそれ以上の戦闘能力だ。

三人は殺気を剝《む》きだしにしていた。しかし、武器を手にしていない。女ひとりが相手で舐めているのか、もしくは悪党なりに男としてのプライドがあるのか。

いずれにせよ、夏希にとってはラッキーだ。

男たちはひと言もしゃべらず、じりじりと輪を縮めてきた。もう半歩踏みこんでくれれば一撃で倒せる。しかし、三人は思ったよりも慎重だった。

じりじりと灼《や》けつくような時間が過ぎていく。

夏希からは動かない。動けば隙ができる。ここは精神力の勝負になる。最初に動いた者がまず殺《や》られる。

一分……二分……均衡は突如として破られた。実戦経験が浅いのか、それとも人を殺《あや》めたことがないのか、右側の男が大声をあげながら殴りかかってきた。

「おおおおッ！」

冷静さを失った相手など敵ではない。

夏希は正面を向いたまま右に一歩踏みだした。ヒールで足の甲を踏みつけながら腰を落とし、同時に右肘を鋭角的に突きだしていく。男の拳が頭上を通り過ぎたとき、夏希の肘は鳩尾《みぞおち》を深く抉《えぐ》っていた。

「ぐふううッ」

肺が潰れたような声を漏らし、男がその場にくずおれる。すると、それをきっかけに正面の男が鋭い前蹴りを飛ばしてきた。左の男は両手を組んで頭上に振りあげている。二人の顔には殺気が浮かんでいた。

一瞬の判断ミスが命取りになる。夏希は躊躇することなく左に踏みこみ、すれ違いざま右の膝蹴りを腹部に叩きこんだ。

「セイッ！」

「うぐううッ」

怯《ひる》んだ男の体を盾にしてサイドにまわりこむ。そして前屈みになった男の延髄《えんずい》に、手刀を思いきり振りおろした。

「ぐッ……」

糸が切れた操《あやつ》り人形のように、男は前のめりに倒れて動かなくなった。

すべては一瞬の出来事だ。もうひとりの男は前蹴りを空振りしてバランスを崩しながら、腰に着けている警棒のホルスターに手をかけた。

男の目には恐怖が滲んでいる。ようやく力の差に気づいたらしく、女相手に使うことをためらっていた武器を解禁した。その判断ができたことは評価するが、仲間を二人も失ってからでは遅すぎる。

「セイヤッ！」

警棒を伸ばすよりも早く、夏希のハイキックが首を刈る。男はなにもできず、おそらく本人も気づかないまま昏倒した。

「ふぅっ……」

小さく息を吐きだし、若干乱れた呼吸を整える。

再び静寂が訪れた。周囲には四人の巨漢が、日向ぼっこをするオットセイのように転がっている。新手《あらて》が現れる気配はない。もう戦える者はいなくなったのか、それとも慎重になって待ち伏せしているのか。

(問題は次だけど……)

こうなると潜入捜査は今後しばらくできないだろう。それならば、できるだけ多くの情報をこの時点で持ち帰りたい。万が一のときは優秀なパートナーがフォローしてくれることになっていた。

薄暗いフロアの奥に進むと階段があった。地下は真っ暗で、まるで地獄の底に向かうようなおどろおどろしい空気が漂っていた。

(いかにも、って感じね)

背中を壁に沿わせながら階段をおりていく。

地底に潜るほど闇が濃くなった。それでも目を凝らすと、暗闇のなかに廊下がつづいていた。廊下の左右には鉄製と思われるドアがある。奥に進めば、他にもいくつか部屋があるだろう。

手はじめに一番手前のドアに歩み寄った。

先ほどの格闘で神経が昂《たか》ぶっていた。気配を読み取れないまま、ドアノブに手を掛ける。鍵はかかっていなかった。重量感のあるドアをそっと押し開けると、途端に殺気が溢《あふ》れだしてきた。

待ち伏せされたと気づいた瞬間、ドアの死角から手が伸びてくる。手首をがっしりと摑まれて、怪力で暗い室内に引きずりこまれた。

「くっ……」

危険を察知して無意識に身体が反応する。手首の関節をひねりながら投げ飛ばし、受け身が取れないように頭から叩き落とした。

「うごぉッ」

男が呻《うめ》くと同時に明かりが灯《とも》った。蛍光灯の眩《まばゆ》い光に目を細めて、反射的に身構える。しかし、すぐに表情を緩めて苦笑いを浮かべた。

「フッ……素手じゃ敵わないから銃ってわけ？」

部屋の奥に黒い服を着た五人の男が立っている。右手にはそれぞれ拳銃を握っていた。おそらくコピー品のトカレフだろう。

「ずいぶん安上がりね。粗悪コピーは暴発するから気をつけたほうがいいわよ」

どうやら先ほど倒した男たちとは違うらしい。夏希が挑発しても、眉ひとつ動かさない。こちらの打撃が届かない距離で、しっかりと銃を構えている。この状態から挑んでも、倒せるのはせいぜいひとりだろう。

（命と引き替えにひとりだけ殺ってもね……）

夏希は小さく息を吐きだすと、観念したように全身から力を抜いた。

3

夏希は銃を突きつけられて、廊下の一番奥にある部屋に連れこまれた。

広さは十畳ほどだろうか。コンクリート打ちっ放しの殺風景な部屋で、天井から裸電球がひとつだけぶらさがっている。

「さて、なにがはじまるのかしら？」

部屋の真ん中に置かれたパイプ椅子に座り、男たちを見まわしていく。

決して投げやりになっているわけではない。敵に捕らえられた事態も常に想定している。冷静に状況を分析し、脱出の機会をうかがっていた。

すぐに殺されることはないだろう。しかし、口を割るまで拷問《ごうもん》されるのは間違いない。まずは何者なのかを聞きだそうとするはずだった。

男のひとりがトカレフを腰のホルスターに収めて近づいてくる。あの銃を奪うことができれば形勢を逆転させることも可能だ。しかし、四つの銃口を向けられた状態ではリスクが高すぎた。

両腕を背後にまわされて手錠を掛けられてしまう。さらに左右の足首にもそれぞれ手錠を嵌められ、パイプ椅子の脚に固定された。膝下を八の字に開くような格好になり、膝も完全に閉じられなくなった。

（これだと足技は使えないわね……）

いよいよ絶体絶命の状況だ。敵は簡単には隙を見せそうにない。プロを四人も倒されているのだから、警戒するのは当然のことだろう。

零時になっても夏希から連絡がない場合は、パートナーの圭介が動くことになっている。しかし、今はまだ十九時前だ。助けが来るまで、少なく見積もっても五時間以上はあった。

「やあ、美人記者さん、いらっしゃい」

鉄製のドアが開き、白衣姿の黒瀬が入ってきた。

脂肪で弛《たる》んだ顔にニヤニヤといやらしい笑みを浮かべている。禿げあがった頭頂部が、裸電球の弱々しい光を反射していた。

「そんなに第七研究棟を見学したかったのか？」

「やっぱり、あなたが……」

どう考えても言動が怪しかった。なにかしらの関わりはあると思っていたが、こんなに早く正体を見せるとは意外だった。

（つまり生きて帰すつもりはない、ってことね）

夏希は奥歯をギリッと嚙《か》んで、黒瀬の顔をにらみつけた。

「おお、恐いこわい。怒った顔も美しいですなぁ。でも、強がっていられるのは今のうちだぞ」

黒瀬は手錠の鍵を受け取ると、白衣のポケットに放りこむ。そして、五人の男たちを部屋から出して、鉄製の重いドアをズシンッと閉めた。

「いろいろと聞きたいことがあるんでね」

二人きりになると、黒瀬は夏希のまわりをゆっくりと歩き、余裕の態度で見おろしてきた。ねちっこいしゃべり方が腹立たしかった。

「わたしのほうも聞きたいことがあるわ」

「この状況で質問とは面白い。言ってみろ」

「あなた、H組と繋がってるわね。もしかして組員？」

この男が違法ドラッグ製造の責任者である可能性が高い。ということは、H組と深く関わっているに違いなかった。

「この俺が暴力団の組員？　いったい、なんのことかな？」

「わかってるのよ。違法ドラッグを製造し、いかがわしいショーを開催してるわね」

タレコミ屋の情報によると、ショーに出演しているのは薬漬けにされた女性たちだという。組織ぐるみで女を食い物にして大金を稼いでいる最低の連中だった。

「証拠もないのに、いい加減なことを言わないでほしいな」

事実を突きつけたはずなのに、まったく動揺する様子がない。完璧に隠蔽《いんぺい》している自信があるのか、この状況を楽しんでいるような節もあった。

「今度はこっちが質問する番だな。おまえは何者なんだ？」

黒瀬は隣にしゃがみこむと、スーツの肩に手をまわしてきた。大きな手で肩を撫でまわされて、嫌悪感がゾゾッと全身にひろがっていく。

「触らないで！　なにも言うつもりはないわ」

非合法な捜査をしている零係の存在は、絶対に隠し通さなければならない。

どんな拷問を受けても口を割らない訓練を受けている。それに、正体を明かした途端に殺されるのは目に見えていた。逆に考えると、黙秘している間は殺されないということだ。

「いい根性だ。たっぷりいたぶって聞きだしてやる。遅かれ早かれ、その綺麗な顔を涙で濡らしながら許しを乞うことになるぞ」

黒瀬はますます密着して、耳に息を吹きこむように語りかけてくる。そして、いきなり乳房を鷲掴《わしづか》みにしてきた。

「やっ……触るなっ」

身をよじるが手を振り払うことはできない。ジャケットのなかに手を入れて、無遠慮にむぎゅむぎゅと揉んでくる。胸を触られる気色悪さもあるが、動けない女を嬲《なぶ》る卑劣さが腹立たしかった。

「ほお、大きいな。Dカップか？　いや、Eぐらいだな」

「それ以上触ったら許さないわよ」

「そんなことより質問に答えてもらおうか。おまえはいったい何者だ？」

黒瀬の目つきが険しくなり、いよいよ本格的な尋問がはじまろうとしていた。

（絶対に屈しない。こんな男には絶対に……）

男の目をまっすぐに見据えると、心のなかで自分自身に言い聞かせる。

徹底的に戦うしかない。どんな拷問でも耐え抜く覚悟だ。万が一のときに備えて、身分を特定される物はいっさい身に着けていなかった。

「最後におまえが投げ飛ばした男、首の骨が折れてたぞ。即死だよ」

「そう……お気の毒に」

頭から落としたのだから、死ぬことも想定していた。

もっとも、零係とはいえ殺人の許可は与えられていない。報告書には〝事故〟があった旨を記入することになる。相手は裏社会の人間なので、表沙汰になることはまずない。従って零係の捜査官が咎《とが》められることもなかった。

「顎が砕けてる奴もいたな。それに、足の甲が折れてる奴も。あとは内臓破裂と頸椎《けいつい》捻挫《ねんざ》だ。とにかく、五人とも使いものにならなくなった」

「手は抜いたつもりだったのに、力の差がありすぎたみたいね」

「フンッ、たいした女だ」

黒瀬はさも楽しそうに言いながら、さらに乳房を揉みしだいてくる。ブラウスの上から双《ふた》つの膨らみに指をグイグイ食いこませてきた。

「本当のことを話す気になったか？」

「あなたに話すことなんてないわ」

一歩も引くことなく、眼光鋭くにらみつける。すると黒瀬は一瞬怯んだように顔をこわばらせるが、すぐに片頬を歪めてニヤリと笑った。

「それなら身体に聞くまでだ」

「どうぞ、ご勝手に」

夏希は胸を揉まれながらも、顎をツンとあげてみせる。

恐怖がまったくないと言えば嘘になる。しかし、拷問に屈するほうが屈辱的だ。秘密をしゃべるくらいなら、舌を噛み切って潔く死を選ぶだろう。

「こいつはいい。勝ち気な女を泣かせるのが趣味なんだよ」

太い指がブラウスのボタンを外しはじめる。上から順に、ひとつ、ふたつ……胸の谷間が見えてくると、屈辱とともに羞恥が湧きあがってきた。

「ちょっと、なにするつもり？」

「脱がすんだよ。決まってるだろうが」

黒瀬は小馬鹿にしたように笑い、前をガバッと大きく開いてしまう。レースがあしらわれた純白のブラジャーが露《あら》わになり、夏希は思わず顔を背けた。

「やっ……」

「おおっ、これはいい光景だな」

感嘆の声とともに、無遠慮な視線が這いまわってくる。

裸電球の明かりが白い肌を照らしていた。乳房がたっぷり実っているため、ブラジャーで寄せられた谷間がどうしても深くなる。まるで男を挑発するように、柔らかそうな渓谷が形作られていた。

「くっ……」

後ろ手に拘束《こうそく》されているため、胸を隠すことはできない。わかっているのに反射的に手が動き、手錠の鎖がジャラッと嫌な音をたてた。

「恥ずかしいのか？　男を五人も殺した冷血女のくせに」

「五人？　ひとりのはずよ」

「あとの四人は始末した」

抑揚のない声にハッとする。嘘やはったりを言っている目ではなかった。

「始末って……仲間を殺したっていうの？」

「奴らは仲間じゃない、単なる傭兵《ようへい》だ。こっちだって高い金を払ってる。女ひとりに倒されるようじゃ使いものにならん。詐欺と同じだよ」

人殺しに躊躇はないらしい。質問に答えなければ殺すという脅しだろう。

(でも、言ったら言ったで殺される)

つまり夏希に逃げ道はないということだ。だからといって、まだ諦めたわけではない。逆転のチャンスは必ずやってくると信じていた。

「ククク、怖いか？　安心しろ。おまえのことは簡単に殺したりはしない」

黒瀬はタイトスカートのファスナーをおろすと、夏希の正面にまわりこんでしゃがみこむ。そして、いやらしい目で見あげてきた。

「せっかくの獲物だ。拷問でグチャグチャのミンチになる前に、たっぷり楽しませてもらおうか」

「思っていた以上のクズみたいね」

「おまえみたいに男勝《おとこまさ》りな女は、苦痛よりも快楽責めのほうが応えるはずだ。自分が女だってことを思い知らせてやる。そらっ！」

スカートが強引に脱がされて、ストッキングに包まれた股間が剝きだしになった。

「なっ……なにを……」

ナチュラルカラーのストッキング越しに白いパンティが透《す》けている。卑猥な視線が這いまわるが、拘束された状態では逃げも隠れもできなかった。

「少しずつ脱がされていく気分はどうだ？」

ストッキングの太腿部分を摘《つま》まれて爪を立てられる。化学繊維の破れるビリビリッという音が、殺風景な地下室に響き渡った。

「ううっ……」

屈辱感に下唇を噛み締める。そんな夏希の表情を楽しんでいるのか、黒瀬はヘラヘラ笑いながら調子に乗ってストッキングを破りつづけた。

「ほれほれ、ムッチムチの太腿が見えてきたぞ。男を蹴り飛ばすくらいだから、最近の女にありがちな細いだけの脚とは違うな。いい肉づきじゃないか」

「や、やめろ……」

無駄だとわかっていても、口走らずにはいられない。太腿の白さが露わになるにつれて、羞恥が急激に膨れあがっていく。

「どうした。顔が真っ赤じゃないか」

「う……うるさい」

怒りをこめてにらみつけるが、顔は燃えるように熱くなっていた。

(とにかく、今は耐えるしか……)

身じろぎするたび、手足に嵌められた手錠が不快な金属音を響かせる。

やがてストッキングに大きな穴が開き、左右の太腿と純白のパンティが露わになってしまった。

「フフフッ、パンティは白か。男勝りのわりには女らしくていいじゃないか」

汗ばんだ手のひらを太腿にあてがわれて、ねちねちと撫でまわされる。むっちりした感触を味わうように、じっくりと揉み嬲ってきた。

「そろそろ質問に答えてもらおうか。おまえは何者なんだ？」

「くぅっ……汚い手で触るな！」

怒鳴りつけて腰を大きく揺するが、おぞましい愛撫からは逃れられない。憤怒《ふんぬ》と羞恥が爆発的に膨張して、耳まで真っ赤に染まっていた。

「まだ答える気にならないか。それなら、つづけるしかないな」

黒瀬は両手で左右の太腿を弄《もてあそ》び、ギラつく目で見つめてくる。女を嬲ることを心底楽しんでいるサディストの目だった。

「気持ちよかったら、声をあげてもいいんだぞ」

「ふざけないで、気持ち悪いだけだわ！」

「大きな声を出してどうしたんだ。感じてきたのか？」

手のひらが内腿に入りこんでくる。柔らかくて敏感な皮膚を撫でまわし、夏希の反応を観察しながら股間に向かってじわじわと滑らせてきた。

「ンンっ……や、やめなさいっ」

足首を固定されているせいで、膝を完全に閉じることはできない。無抵抗な状況で責められるのは、力でねじ伏せられるのとは異なる屈辱だった。

「やっぱり生足だな。このムチッとした感触がたまらんよ」

黒瀬が薄笑いを浮かべながら、柔肉を撫でまくる。芋虫のように太い指が内腿を這いあがり、今にもパンティの縁に到達しようとしていた。

「や……やめろっ」

「男言葉で強がっても無駄だ。俺をとめたかったら正体を明かすんだ」

「くううッ！」

次の瞬間、気色悪い感触がひろがり、腰がビクンッと反応する。ついに男の太い指がパンティに達したのだ。

「いい反応をするじゃないか。ますます面白くなってきたぞ」

「いい加減に……ンぅぅッ」

夏希の言葉は途中から呻き声に変わってしまう。パンティラインを指先でなぞられて、虫酸《むしず》が走るような感触が全身を駆け巡った。

「感度抜群だな。じっくり可愛がってやる」

黒瀬は目の前にしゃがみこみ、両手で内腿をグイッと押し開いてくる。そして、指先で左右の内腿の付け根をねちねちとくすぐってきた。

「くっ……ンンっ……」

「感じすぎてしゃべれないのか？　ほれほれ」

猫が捕らえたネズミを嬲るように、時間をかけてじっくりと責めたててくる。決して核心に触れることなく、パンティラインだけを執拗にいじりまわしてきた。

（こんな男に……悔しい……）

夏希は奥歯が砕けそうなほど強く噛んだ。嫌がる素振りを見せれば、逆にこの男を悦ばせてしまう。だから、身じろぎもせずに声を押し殺し、ひたすら無反応を装った。

「反応が鈍くなってきたな。じゃあ、こいつを試してみるか」

黒瀬は立ちあがると、白衣のポケットから茶色い小瓶《こびん》を取りだした。

一見、健康飲料のようだがラベルは貼られていない。夏希が怪訝そうな目を向けると、わざと見せつけながらキャップを開けていく。

「これは我々が開発した飲料タイプの媚薬《びやく》〝エクスタシーX〟だ。効き目はソフトだが、確実に性感を高めることができるんだ」

「まさか……それを……」

嫌な予感がして眉をひそめた直後、顎をがっしりと摑まれて、無理やり上を向かされた。

「副作用がないことは確認されてる。常習性もないから心配するな。値段も手頃だから、飛ぶように売れてるヒット商品だ」

「やめ――ううぅッ」

苦みのある液体を流しこまれて、すかさず口と鼻を塞がれる。全身を悶えさせて抵抗するが、あっという間に息苦しくなってしまう。それでも粘るが、やがて意識が遠のきかけて、気づいたときには口内の液体をすべて嚥下《えんげ》していた。

「うはっ……ハァ……ハァ……」

「全部飲んだようだな。生意気な女がどんなふうに乱れるか楽しみだ」

黒瀬の勝ち誇ったような声が聞こえてくる。しかし、窒息寸前に追いこまれた夏希は、反論することもできなかった。

(このわたしが、違法ドラッグを飲まされるなんて……)

バーボンのストレートを流しこんだように、食道から胃にかけてがカッと熱くなっている。しかし、嫌な苦みが喉の奥に残っている以外は、体調に特別な変化は感じられなかった。

「こ、こんなもの……わたしには効かないわ」

なんとか呼吸を整えて、男の顔をにらみつける。手も足も出ないが、せめて気持ちで負けるわけにはいかなかった。

「効いてくるのはこれからだ。エクスタシーXは遅効性なんだよ。まあ、効果が出てくれば、すぐにわかるさ」

黒瀬は背後にまわりこむと、ブラジャーの上から双乳を鷲掴みにしてくる。まるで乳肉を揉みほぐすように、焦ることなくじっくりと指を食いこませてきた。

「くぅっ、こんなことばっかり……最低ね」

「正体を明かせばやめてやる。なんの目的で潜りこんだんだ？」

「死んでも言わないわ」

「相変わらず口だけは達者だな。いつまで持つか楽しみだよ」

耳もとで囁きながら、乳房をねっとりと捏《こ》ねまわされる。耳孔に生臭い息を吹きかけられて、あまりの気色悪さに大声で叫びたい衝動がこみあげた。

「こ、こんなこと、いくらやっても――ひううッ」

怒りをぶちまけようとした瞬間、首筋に男のタラコ唇がベチャッと触れて、全身の皮膚にサーッと鳥肌がひろがった。

「やっ……な、なに？」

これまでに体験したことのない感覚だ。まるで神経に直接触れられたようで、拘束された身体がパイプ椅子の上でビクンッと跳ねてしまう。とにかく皮膚感覚が異常なほど過敏になっていた。

（まさか、これが……さっきの薬の……）

いつしか脈拍もあがり、全身が火照《ほて》ってくる。どう考えても媚薬の影響としか思えなかった。

「おやおや、どうかしたのか？」

黒瀬は執拗に胸を揉み、首筋に唇を押し当ててくる。鼻息がかかるのも気持ち悪くて、思わず肩をすくめて顔を背けた。

「くううっ……や、やめ……ろ……」

「汗ばんでるぞ。暑いのか？」

からかうような声音《こわね》だった。夏希の反応を楽しんでいるのだろう。

ブラジャーに包まれた乳房の膨らみに指を這わせてくる。布地越しに乳首を何度か擦られて、電流にも似た感覚が波紋のようにひろがった。

「ンっ……ンンっ……」

「効いてきたみたいだな。身体が火照って仕方ないんだろう」

「そ、そんなはず……ドラッグなんて、わたしには……」

必死に強がり、唇を真一文字に引き結ぶ。どんなことをされても、無反応を貫くつもりだった。しかし、黒瀬はそんな夏希をあざ笑うように、ブラジャーの上から乳首をキュッと摘みあげた。

「はううっ！」

こらえきれずにおかしな声が漏れてしまう。もう媚薬が効いているのは疑いようがない。ただでさえ敏感な乳首を左右同時に責められて、背後で手錠を掛けられた両手を強く握り締めた。

「たまらんだろう？　今ならどこを触られても感じるはずだぞ」

「こんなことで……か、感じたりはしない！」

強気に言い放つが、顔は火を噴きそうなほど熱くなっている。過敏になった身体が、勝手にビクッと反応するのが悔しくてならなかった。

「そうか、感じないのか。じゃあ、こういうのはどうだ？」

黒瀬は左右の脇腹を、触れるか触れないかの微妙なタッチで撫であげてくる。神経を逆撫でされるような刺激がひろがり、全身にぶるるっと震えが走り抜けた。

「くううっ……ひ、卑怯者《ひきょうもの》」

さらに臍《へそ》の周囲を撫でまわし、少しずつ股間へとおりていく。パンティのウエストラインをなぞられて、あまりのおぞましさに腰をよじらせた。

「ううっ……こ、このドラッグが……H組の資金源に……」

身体をまさぐられる屈辱と羞恥に悶えながら、それでもなんとか情報を聞きだそうとする。下着姿に剝かれて媚薬を使われても、捜査官としての矜持《きょうじ》を失ったわけではなかった。

「言っとくが俺は組員じゃない。あくまでも研究者だ。ただ、頼まれて特殊な薬を作ることはあるがね」

媚薬が効いていることがわかって気をよくしているのかもしれない。少々口が軽くなっているようだ。しかし、愛撫の手は緩めず、パンティの上から恥丘を撫でまわしてきた。

「ほうれ、ゾクゾクするだろう。もう濡らしてるんじゃないのか？」

「ンンっ……こ、ここでドラッグを製造してるのね」

「ほお、面白いことを言うな。証拠はあったのか？」

証拠は見つかっていない。だが、この黒瀬とのやりとりで、疑惑は確信に変わっていた。やはり違法ドラッグは作られている。この施設のどこかで……。

現場を押さえる前に捕まってしまったのは大失態だ。脱出に成功しても、証拠がなければ潜入捜査の意味がなくなってしまう。せめて、できる限りの情報を得ておきたかった。

「そろそろ限界だろう。触ってほしいか？」

恥丘の真ん中に走る縦溝を、黒瀬が指先でなぞってくる。絶妙な力加減で上下に何度も、しかしクリトリスには到達することなく、あくまでも恥丘だけをじりじりと嬲りつづけていた。

「うっ……やっ……ンうぅっ」

媚薬の効果で感度が高まっているのは事実だった。嫌で仕方がないのに、身体は熱く火照っている。股間の奥がムズムズして、ともするとおかしな声が漏れてしまいそうだ。

「たまらんだろう。気持ちいいところをいじってやろうか？」

指先が今にも肉芽に触れそうになっては後退する。焦《じ》らすような動きに翻弄《ほんろう》されて、腰が勝手に揺らめきはじめていた。

「や、やめ……はンンっ」

卑劣な男の愛撫に身体が反応している。無意識のうちに下肢をよじらせたとき、股間でクチュッという湿った感触がひろがった。

（やだ、そんな……）

認めたくないが濡れていた。意志とは裏腹に身体が反応している。頭のなかまで沸騰したようになり、いよいよ思考がまわらなくなってきた。

「目がとろんとしてきたな。ほれ、我慢しないで喘いでみろ」

ついに黒瀬の指先が、パンティ越しにクリトリスをクニュッと捕らえる。そのまま円を描くように刺激されて、快感電流が爆発的に大きくなった。

「あンンっ……そ、そこぉっ」

ついよがり声が出てしまう。すると、黒瀬が得意げになって責めたててきた。

「おっ、やっぱりクリが感じるんだな」

「ああっ、やめてっ、あああっ」

「パンティに染みができてるぞ。ほれほれ」

「ウ、ウソよ……あああっ……ンンンっ」

しつこくクニクニといじられて濡れかたが激しくなる。それでも強い精神力で快感を拒絶しつづけた。

「強情だな。もうイキたくてたまらないんだろう？」

「くっ……だ、誰があなたなんかに……うぬぼれないで」

息も絶えだえになるが、鋭い視線でキッとにらみつける。すると、黒瀬は薄笑いを浮かべて正面にまわりこんできた。

4

「あんまり焦らすのも可哀相《かわいそう》だ。一回イカせてやるか」

黒瀬も鼻息が荒くなっている。どうやら自分が我慢できなくなっているらしく、白衣のポケットから手錠の鍵を取りだした。

「ここからはアクメ地獄だ。泣いて頼んでもやめないぞ。失神するまでイカせまくってやる」

黒瀬は恐ろしいことを口走りながら夏希の目の前にしゃがみこみパイプ椅子と左右の足首を繋いでいる手錠を外し、鍵を再び白衣のポケットに仕舞った。そして、自由に動かせるようになった夏希の両脚を持ちあげて肩に乗せた。

「な、なにを……」

「ククッ、エクスタシーXは最高だろう。天国に連れていってやる。いや、アクメ地獄だったな」

黒瀬はニヤニヤしながら顔を股間に近づけてくる。太腿を担ぐようにして、両手をパンティに伸ばしてきた。

「さてと、勝ち気女のオマ×コを拝ませてもらおうか。俺のイチモツをぶちこんでやる」

ごつい指がウエストゴムにかかり、パンティをおろそうとする。

その一瞬の隙を夏希は見逃さなかった。自由になった脚を素早くさばいて黒瀬の右腕を巻きこみ、三角締めの体勢に持ちこんだ。

「お、おい、なにを——ううっ」

柔術は夏希がもっとも得意とする格闘技だ。拘束されたままの両腕は使えなくとも、脚だけで巧みに操り、男の声を無視して一気に締めあげた。

「フンッ……」

「うぐううっ！」

夏希の太腿と自分自身の肩で頸動脈を圧迫されて、黒瀬はあっという間に白目を剥いて脱力する。失神して崩れ落ちるのを、脚でコントロールして静かに倒した。相手を気遣ったわけではなく、倒れた拍子に意識が戻るのを防ぐためだ。

腕は手錠を掛けられているが、椅子に固定されていないのはラッキーだった。そっと立ちあがると、後ろ手に黒瀬の白衣のポケットを探って鍵を取りだした。

(よくもやってくれたわね)

手錠を外した途端、猛烈な殺意がこみあげてくる。しかし、ここで中心人物と思われる黒瀬を殺せば、違法ドラッグ製造の全容解明が困難になるだろう。

失神している黒瀬を後ろ手に拘束して、さらに両足首にも別の手錠をかける。そして、うつぶせに転がしてエビ反りにすると、手首と足首の手錠を、もうひとつの手錠で繫ぎ合わせた。

「いい格好ね。鍵はもらっていくわよ」

これで多少は溜飲が下がった。

夏希は破かれたストッキングを脱ぎ、乱された服を整える。媚薬の影響で頭が少しクラクラしているが、戦えないほどではない。ただ、敵は銃を持っている。廊下で警備に当たっているのは二人くらいだろうか。

(行くしかない……)

夏希を捕らえたことで、今は敵も油断しているはずだ。小さく深呼吸すると、重い鉄製のドアをそっと開いた。

足音を忍ばせて飛びだすと、警備をしていたのはひとりだけだった。ドアのすぐ横に立ち、呑気《のんき》にスポーツ新聞を眺めている。夏希は男が声をあげるより早く、電光石火の〝大外刈り〟を仕掛けて後頭部を廊下に打ちつけた。

男が痙攣《けいれん》しながら泡を吹いたとき、夏希は薄暗い廊下を全力で走り抜けて、階段を一段飛びで駆けあがっていた。

外に飛びだすと、振り返ることなくゲートまでダッシュする。危機一髪逃れることはできたが胸中は複雑だ。

結局、違法ドラッグ製造の証拠を摑むことはできなかった。

屈辱だけが手土産《てみやげ》だ。おめおめと引きさがることはできない。黒瀬を逮捕しなければ気がすまなかった。

第二章　穢《けが》された清純

1

桐沢真理香《まりか》はキッチンに立ち、コーヒー豆を電動ミルで挽《ひ》いていた。

マロンブラウンのふんわりした髪が、白いブラウスの肩で微かに揺れる。なにかを考えるときのクセで、黒目がちの瞳は右上に向けられていた。

コーヒーの香りを嗅ぐと、自然と顔がほころんでいく。

もともと童顔だが、笑うとなおさら幼く見えるのが悩みの種だ。二十四になったが、いまだに高校生と間違われることもある。とはいえ、プロポーションには少しだけ自信があった。ブラウスの胸の膨らみは大きく、紺色のタイトスカートに包まれたヒップもむっちりしていた。

恋人ができれば、表情や仕草が大人びてくるのかもしれない。しかし、人見知りが激しく、とくに男性の前だと緊張してしまう。

これほど内気な性格になったのは、姉に甘えてきたせいだと自己分析していた。

十年前、真理香が十四歳、姉が二十歳のとき、両親を不慮の事故で失った。居眠り運転のダンプに跳ねられたのだ。以来、この2LDKのマンションで、姉と二人で暮らしていた。

「んんっ……いい匂い」

リビングのドアが開き、ブルーのパジャマ姿の姉——夏希が入ってきた。

コーヒーの香りで笑顔になり、よく寝たとばかりに伸びをする。どうやら、ひと晩経って苛立《いらだ》ちは解消されたらしい。

昨夜、夏希の帰宅は遅かった。普通に振る舞っていたが、仕事でなにかトラブルがあったようだ。シャワーを浴びると食事も摂《と》らず、早々に寝てしまった。

「お姉ちゃん、おはよう」

対面キッチン越しに声をかけると、夏希がキッチンに歩み寄ってきた。

「お腹空いたぁ。なんか手伝うことない？」

「ダメダメっ、お姉ちゃんが手伝うと片づけが大変だから。先に顔を洗ってきて」

手伝ってもらうとかえって面倒なことになる。不服そうな姉をキッチンから追いだし、手早く卵焼きを作りはじめた。

今でこそ家事は真理香の役割だが、両親が亡くなった直後は手伝わせてもらえなかった。夏希が仕事をしながら苦手な炊事洗濯をこなしていた。真理香が友だちと同じ生活を送れるようにと一所懸命だった。

とはいっても、真理香も姉に甘えてばかりいたわけではない。授業が終わるとすぐに帰宅し、掃除や洗濯物の取りこみなど、隠れて家事を手伝った。

今はOA機器の販売店で事務員をしているが、残業がほとんどなく毎日定時にあがれるので、家の雑用を一手に引き受けていた。家事はまったく苦にならなかった。むしろ食事の準備などは、姉が喜んでくれるのでやり甲斐があるくらいだ。

顔を洗って戻ってきた夏希は凛《りん》としていた。

黒髪にブラシを入れて、紺のスカートスーツに着替えている。キリッとして格好いい姉が、真理香は大好きだった。

夏希は湾岸北署の刑事だ。

父親も刑事だったので、正義感の強い姉が同じ道を歩むのはごく自然なことに思えた。所属する部署は雑用係のようなところだと聞いている。危険はないから心配ないと、夏希はいつも口癖のように言っていた。

「まあ、美味《おい》しそう」

夏希が声を弾《はず》ませる。テーブルには卵焼きとサラダが並んでいた。昨夜とは打って変わった明るい声にほっとするが、どこか無理をしているようにも感じられる。

「トーストでいいでしょ？　ちょっと待ってね」

真理香の言葉を無視して、夏希はさっそく好物の卵焼きを頰張った。

「うん、あなた天才！　料理人になったら？」

「おおげさだなぁ。そんなこと言ってくれるの、お姉ちゃんだけだよ」

真理香は思わず笑顔になりながら、夏希の言葉を受け流した。

妹にはとことん甘い姉だ。でも、いつもこうやって褒めてくれるから、家事も楽しくこなすことができる。夏希が結婚しないのなら、一生二人で暮らしてもいいとさえ思っていた。

（そんなこと、絶対お姉ちゃんには言えないけど……）

卵焼きを食べている姉を、ついぼんやりと見つめてしまう。

姉には将来を誓い合った恋人がいる。いや、正確には「いた」と過去形にしたほうがいいかもしれない。

夏希は先輩刑事の太田哲朗《おおたてつろう》と付き合っていた。このマンションにも何度か来たことがあり、真理香とも顔見知りだった。姉の四つ年上だから、今は三十四歳になっているはずだ。

姉を取られるような気がして嫉妬《しっと》したこともある。しかし、いずれ誰かと結婚して義兄ができるなら、心やさしい哲朗が一番だという思いもあった。

しかし、哲朗は突然失踪した。

最後に会ったのは三年前のクリスマス、哲朗はクマのぬいぐるみをプレゼントしてくれた。子供扱いされて恥ずかしかったが、それでも心が温かくなったのを覚えている。夏希は指輪をもらって、幸せそうな笑みを浮かべていた。

それなのに、翌日から連絡が取れなくなった。ひとり暮らしのマンションはとくに変わったところもなく、哲朗だけが忽然《こつぜん》と姿を消していた。

もうすぐ丸三年経つが、いまだに行方はわかっていない。

夏希は彼が犯罪に巻きこまれたと疑っている。しかし、なにも証拠はなく、警察はただの失踪と判断して捜査を行わなかった。夏希は多くを語らないが、哲朗が戻ってくると信じている。他の誰かと付き合うつもりはないようだった。

「これも食べる？」

真理香は卵焼きが乗った自分の皿を、姉の前にそっと滑らせた。

「いいの？　でも真理香は？」

「作りながら味見してたら満足しちゃった」

笑って誤魔化《ごまか》すが、本当は食欲がなくなってしまった。

このまま哲朗が帰ってこなければいい。そうすれば、姉と二人きりの暮らしがいつまでもつづくのに。そんなことを一瞬でも考えた自分に嫌気が差していた。

(わたし……最低だ)

自己嫌悪のなかで飲むコーヒーは、どんなに砂糖を入れても苦かった。

「あら、もうこんな時間よ」

夏希の声でハッとする。いつの間にか出かける時間が迫っていた。

「いけない、ボーッとしてた。お姉ちゃん、早く言ってよ」

「フフッ、真理香がぼんやりしてるなんて珍しいわね」

二人同時に立ちあがり、バタバタと準備を整える。そして、ほとんど駆け足で玄関から飛びだした。

「今日も遅くなるの?」

「今夜は早く帰れるわ」

マンションの前で短く言葉を交わす。

二人とも紺色のスカートスーツ姿だが、雰囲気はまったく異なっている。凛とした姉に、どこかおっとりとした妹。夏希が近寄りがたい美貌なのに対して、真理香は隣のやさしいお姉さんといった印象だ。

ただ抜群のプロポーションは二人に共通している。服を着ていても、モデル級のダイナマイトボディは隠しようがなかった。

「じゃ、晩ご飯用意しておくね」

「ありがとう。楽しみにしてるわ」

いつものように二人して軽く右手をあげると、左右に別れて歩きだす。

真理香は電車通勤で、夏希はバス通勤だ。そのとき、ふいに得体の知れない不安がこみあげてきた。

「お姉ちゃん……」

背中に向かって呼びかける。すると、夏希はすぐに立ちどまって振り向いた。

「どうしたの？」

やさしい姉の声を聞いた途端、ふと幼い頃の記憶がよみがえってくる。

真理香は母親に手を引かれて、人混みのなかを歩いていた。家族でデパートに行ったときの記憶だ。刑事だった父親が多忙だったため、家族四人で出かけたことはほとんどない。デパートに行ったのは一回きりだった。

途中で手が離れてしまい、真理香は人の波に呑みこまれた。迷子になりかけたとき、夏希が戻ってきてやさしく声をかけてくれたのだ。

——手を離しちゃダメよ。お姉ちゃんといっしょなら大丈夫だから。

あのときの、姉の手の温《ぬく》もりを今でもはっきりと覚えている。

不安から解放されて泣きじゃくる真理香を、姉はそっと抱き締めてくれた。父親も母親も健在だった頃の幸せな思い出だ。

「真理香？」

夏希が心配顔で歩み寄ってくる。そして、幼子にするように、おでこに手のひらを当ててきた。

「さっきもぼんやりしてたし、熱でもあるんじゃない？」

「ううん、大丈夫」

「無理をしてはダメよ。具合が悪いなら休みなさい」

姉らしい口調になって、ピシッと言ってくれる。たったそれだけで、真理香の不安はあっさり吹き飛んでいた。

「ちょっと昔のこと思いだしちゃった。みんなでデパートに行ったときのこと」

「ん？　真理香が迷子になって泣いたときね」

夏希も覚えていたらしい。やはり数少ない家族の思い出のひとつなのだろう。懐かしむように柔らかい表情になった。

「真理香ったら、わんわん泣いて……可愛かったわよ」

「もう恥ずかしいなぁ」

思わず赤面する。昔から泣き虫で、なにかにつけて泣いていた。そんな真理香を、いつも夏希が慰めてくれた。

結局のところ姉に甘えていただけなのかもしれない。

両親を亡くして、その傾向がより強くなった。そろそろ〝姉離れ〟をしなければと思っているのだが……。

「あっ、遅刻しちゃう。じゃあね」

「走っちゃダメよ。気をつけてね」

夏希が幼い子供に言い聞かせるように声をかけてくる。いつまで経っても子供扱いだが、それがなんとも言えず心地よかった。

2

真理香は駅への道のりを急いでいた。すると背後から黒塗りのワゴン車が走ってきて、タイヤをキュッと鳴らしながら真横に停まった。

「……え？」

直後にスライド式のドアが開き、黒い服装の大柄な男が三人降りてきた。

取り囲まれて怖くなり、思わず全身を硬直させる。突然のことで真理香はまったく抵抗できないまま、ワゴン車のなかにあっさり引きずりこまれた。

車はすぐに走りはじめて、両腕を背後にひねりあげられる。手首を重ね合わせた状態で、紐《ひも》をぐるぐると巻かれていく。さらに黒い布袋を頭にすっぽり被せられて視界を奪われた。

「や……怖い」

思わずつぶやくが、男たちは誰も反応しない。両脇を屈強な大男にがっしりと固められて、まったく身動きが取れなかった。

(な、なに？　どういうこと？)

状況が理解できず、恐怖だけが胸の奥にひろがっている。真理香は青ざめるばかりで、言葉を発することすらできなかった。

ワゴン車はかなりのスピードで走っており、車内には異様なまでの緊迫感が漂っていた。

「この女に間違いないか」

男の声が聞こえてくる。感情の起伏が感じられない機械のような声だ。

「こいつが警察のネズミから聞いた女刑事の妹だ」

別の男が答える。やはり感情が読み取れない抑えた声音だった。

(女刑事って、お姉ちゃんのこと？　わたし……誘拐されたの？)

言いようのない不安がこみあげてくる。真理香は男たちの間で背中を丸めて、タイトスカートから覗く膝を小刻みに震わせていた。涙が溢れそうになるが、男たちを怒らせるのが怖くて泣くこともできなかった。

脳裏に姉の顔が思い浮かんだ。デパートで迷子になったときのように助けに来てほしい。大丈夫だよとやさしく手を差し伸べてほしかった。


ワゴン車が停車した。

視界を奪われているため時間の感覚が麻痺《まひ》している。真理香は後ろ手に拘束されて布袋を被ったまま、両サイドを男に支えられて歩かされた。

建物に入り、階段を一段一段おりていく。足音が反響して、空気がひんやりしてくる。地下に向かっているのかもしれない。膝が震えてつまずきそうになると、すかさず両脇の男たちに支えられる。勝手に立ち止まることは許されなかった。

「目隠しを取ってやれ」

ドアの開く音がして、男の声が聞こえた。先ほどの男たちではない。粘着質な声質で、鼓膜に絡みついてくるような不快さがあった。

「うっ……」

頭から布袋が取り去られて、弱々しい光が視界に飛びこんでくる。思わず目を細めながら周囲を見まわした。

やはり地下室らしい。コンクリート剝きだしの壁に、裸電球がひとつだけぶらさがっている。そこに黒ずくめの男たちと、白衣を羽織った中年男が立っていた。

(ここはどこ？　このひとたち、なんなの？)

頭のなかは疑問だらけだ。なぜ誘拐されたのかもわかっていない。しかし、真実を知ることよりも、ひたすら家に帰りたいと願っていた。

「よく来たな、真理香」

中年男は薄笑いを浮かべて、当然のように呼び捨てにしてくる。他の男たちはむっつりと黙って見つめていた。

「あ、あなたは誰？　わたしを、帰してください……」

怖かったが思いきって話しかけてみる。しかし、男はヘラヘラしながら黒瀬と名乗っただけで、無遠慮な視線を胸もとや太腿に向けてきた。

「なるほど、なかなかいい身体をしてるじゃないか」

黒瀬という男が顎をしゃくって合図する。すると他の男たちがいっせいに群がってきた。両脇をがっしりと固められて、地下室の中央に置かれている怪しげな台の上に乗せあげられてしまう。

「やっ、こ、これ……なんですか？」

「産婦人科の診察台だよ。使い道はいろいろあるぞ」

黒瀬はさも楽しそうに話しかけてくる。その間に男たちが真理香の拘束を解き、紺色のジャケットが脱がされていく。そして、新たに革製のベルトを両手首に巻きつけて、後頭部にまわすように固定された。

恐怖に駆られた真理香はまったく抵抗できない。

さらに両脚を開かれて、ふくらはぎをそれぞれ小さな台に乗せられる。素早く革ベルトを巻かれて下肢の自由も奪われた。恐るおそる身をよじるが、ベルトが手首と足首に食いこむだけでまったく動けなかった。

「ああ、い、いやです……こんなのって……」

開脚を強要されているので、タイトスカートが張り詰めてしまう。

突然拉致《らち》されて、訳がわからないまま産婦人科の診察台に固定された。悪い夢なら早く覚めてほしいと願うが、信じられないことにすべて現実だった。

「寝心地はどうかな？　なかなかいい格好じゃないか」

黒瀬が下卑《げび》た笑みを浮かべながら見おろしてくる。そして、真理香のハンドバッグから携帯電話を勝手に取りだした。

「今からおまえの会社に電話をする。殺されたくなかったら、風邪でしばらく休むと言うんだ」

頭のなかで「殺す」という言葉がグルグルまわりだす。そんな言葉をかけられたのは、もちろん生まれて初めてだ。ショックで思考能力が奪われて、押しつけられた携帯に出た相手に、命じられた台詞《せりふ》をつぶやいてしまった。

するとと今度は、黒瀬は携帯のカメラで、身動きが取れない真理香の姿を撮影しはじめた。

「やだ……撮らないでください」

「記念になるぞ。あの頃は初心《うぶ》だったわ、ってな」

黒瀬は散々写真を撮りまくると、携帯を白衣のポケットにしまった。そして、代わりに怪しげな茶色い小瓶を取りだした。

「な……なんですか？」

「エクスタシーX、我が社の大ヒット商品だ。こいつを飲むと幸せな気分になれるぞ。手軽なドラッグだよ」

「い、いやです……離してください」

男たちに頭をがっしりと固定されて鼻を摘まれる。息苦しさに口を開くと、キャップを取った瓶をねじこまれた。

「うぐううッ……」

苦みのある液体が口内に流しこまれて、大きな手で口を塞がれる。懸命に吐きだそうとするが、結局は喉をゴクリと鳴らして嚥下してしまった。

口を解放されて激しく咳きこむが、すでに妖《あや》しい薬は胃に流れこんでいる。まるで強いお酒を飲んだときのようだ。食道が灼けるように熱くなり、胃壁をジンジンと刺激していた。

「全身の感度がアップする媚薬だ。すぐに身体が火照ってくるぞ」

男の言葉を耳にして、真理香は眉をキュウッと歪めていく。いったい、これからなにをされるのか、考えただけでも恐ろしい。

(わたし、どうなっちゃうの？　お姉ちゃん……)

縋《すが》るように姉の顔を思い浮かべる。すると、こらえきれない涙が溢れて、頬をツツーッと伝い落ちていった。

3

「じゃあ、あらためてよろしく頼むよ」

黒瀬が手を伸ばして頬に触れてくる。ねちっとした手のひらの感触が気持ち悪くて、真理香は反射的に顔を背けた。

「い、いやです……」

「まあ、そう嫌わなくてもいいじゃないか」

黒瀬はさして気にする様子もなく、薄気味悪い笑みを浮かべている。そして、粘りつくような視線で真理香の全身を眺めまわしてきた。

「じつに素晴らしいプロポーションだ。顔も可愛らしいじゃないか。あいつの報告どおりだな」

黒瀬は喉の奥で「ククッ」と笑い、太鼓腹を大きく揺すった。

部下らしき男たちは、すでに部屋からいなくなっている。黒瀬の命令は絶対らしく、まるで軍隊のように統率が取れていた。

今、この殺風景な地下室にいるのは黒瀬と真理香だけだ。普段から男性と二人きりになるだけで緊張してしまうのに、そのうえ産婦人科の診察台に固定されているなんて考えられなかった。

「この胸の膨らみがたまらんな。どれ」

「きゃっ！」

ブラウスに包まれた乳房をいきなり鷲掴みにされて、小さな悲鳴が溢れだす。慌てて身をよじるが、男の手から逃げることはできない。無遠慮に双乳をグイグイと揉みしだかれてしまう。

「や、やめてください……」

抵抗する声は弱々しく震えている。とにかく男を怒らせたくない。ただでさえ気弱な性格なのに、この状況でどうすればいいのかわからなかった。

「ほほう、これはでかい。揉みごたえがあるぞ」

太い指が容赦なく食いこんでくる。まだ誰にも触れられたことのない乳房を、服の上からとはいえ好き放題に弄ばれていた。

「ンンっ、や、やだ……いやです……」

真理香は涙をこぼしながら、首をゆるゆると左右に振った。

これまで、男性と交際したことは一度もない。いい人だなと思っても、付き合うとなると慎重になってしまう。だから二十四歳になっても、いまだにヴァージンのままだった。

「おおっ、柔らかいねぇ、直接モミモミするのが楽しみだよ」

黒瀬が気色悪い声で語りかけながら、執拗に双乳を捏ねまわしてくる。

結婚するまで操《みさお》を守るつもりだったわけではない。しかし、こんな中年男に身体をまさぐられるのはおぞましいだけだった。

「こんなこと……ンぅぅっ」

ブラウスの下で柔肉がぐにゅぐにゅと形を変える。嫌でたまらないのに、四肢の自由を奪われて逃げられない。もっと卑猥なことをされたらと思うと、涙が次から次へと溢れて頬を濡らした。

「ふむ。こうしてよく見ると……」

黒瀬は禿げ頭を光らせながら、覆《おお》い被さるように顔を近づけてくる。両手は乳房を摑んだままで、まじまじと見つめてきた。

「姉妹だけあって、確かに夏希に似てるな」

生臭い息を吹きかけられて思わず顔を背ける。しかし、姉の名前が出たことが気になった。

「お、お姉ちゃんを……姉をご存じなんですか？」

恐怖で声が震えてしまう。それでも聞かずにはいられない。誘拐した男たちの会話にも、「女刑事」という単語が登場していた。

「まあな。夏希とはちょっとした知り合いでね」

姉の名前を呼び捨てで連呼されて、嫌な気持ちがこみあげる。姉と黒瀬の関係はまったくわからなかった。

「胸の大きさもそっくりだ。美人なうえに巨乳の姉妹か。こいつはいろいろと使い道がありそうだ」

「や……ンン……」

ねちねちと胸を揉まれているうちに、身体が熱を持ってきたような気がする。もしかしたら、先ほど飲まされたエクスタシーXという薬の影響だろうか。男の手のひらが触れている部分が、じんわりと火照りはじめていた。

「薬が効いてきたみたいだな。熱くなってきたんだろう」

黒瀬がブラウスのボタンに指をかけてくる。上から順に外されて、徐々に乳房の谷間が見えてきた。

「い、いやです、やめてください」

慌てて訴えるがどうにもならない。純白ブラウスの胸もとがはだけられ、乳房を覆う淡いピンクのブラジャーが見えてしまう。

「ああっ……」

下着姿を男の人の前で晒《さら》すのは初めてだ。唇から絶望の喘ぎが溢れだし、涙がポロポロとこぼれ落ちた。

「ふむ、じつに美味《うま》そうだ」

中年男の粘りつくような視線が胸もとを這いまわる。いかにも柔らかそうな乳肉が寄せられて、ぷにゅっと音がしそうな谷間を作っていた。

「こいつはいい。なかなかの上玉じゃないか」

黒瀬は目をギラつかせながら、ブラウスのボタンをすべて外してしまう。前を完全に開かれて、陶磁器のように白くて平らな腹部も剝きだしになった。

(そんな……どういうことなの?)

いまだになにが起きているのか理解できない。混乱するなかで、かつて感じたことのない羞恥と恐怖が胸のうちで激しく渦巻いていた。

「夏希のブラジャー姿もよかったが、真理香も負けてないぞ」

黒瀬がいやらしい笑みを浮かべながら語りかけてくる。

驚くべき言葉だった。信じられないことに、この男は姉の下着姿も見たらしい。真理香はパニックを起こしかけながらも、黒瀬の顔を見あげていった。

「ど、どういうことですか？　お姉ちゃんとどのような関係なんですか？」

勇気を出して、涙混じりの声で問いかける。こんな状況にもかかわらず、姉のこととなると尋ねずにはいられなかった。

「まあ、少なくとも友好的な関係とは言えんだろうな」

もったいぶるような物言いだ。いったん言葉を切ると、秘密を打ち明けるように声を潜めた。

「少なくとも夏希は俺を嫌ってるな。なにしろ、昨日はこの部屋で締め落とされたんだからな」

「え……？」

「失神させられたんだよ。柔道の絞め技でね。いや、柔術か？　まあ、そんなことはどうでもいい」

説明しながら思いだしたのか、だんだんと苛立ってくるのがわかった。口調が荒っぼくなり、目つきも鋭くなってくる。両手は強く拳を握り締めていた。

(まさか、お姉ちゃんがそんな乱暴なこと……)

警察学校で柔道を習ったとは聞いている。しかし、男の人を相手に、技を使うなんて信じられない。そもそも、署内では雑用ばかりやっているはずでは……。

「その様子だと、夏希の仕事内容を知らないらしいな」

黒瀬は片頬を吊りあげると、なにやら得意げに話しはじめた。

「零係っていう特殊な部署に所属して、非合法な捜査を担当してるんだ」

「……非合法？」

「警察は絶対に認めないだろうが実際にやってるんだ。ルールもへったくれもない極秘の捜査だよ」

黒瀬の説明によると、ここは製薬会社の研究施設で、夏希が雑誌記者を装って潜入したらしい。そして、施設内をいろいろと調べていたという。

(お姉ちゃんが……潜入捜査？)

姉がそんな危険な仕事をしていたことに驚かされる。

――危ないことなんて、なにもしていないわ。

――心配しなくても大丈夫よ。

――だって、一番暇な部署だもの。

いつも笑顔でそう言っていた。あれは、真理香に心配をかけないための嘘だったのだろうか。

「まあ、こっちにもやましいところはあるんだがね。そのひとつが、おまえに飲ませたエクスタシーXの製造だ。でも、噂だけじゃ警察は動けない。そこで夏希が潜入したってわけだな」

黒瀬はだらだらと話しながら、部屋の隅に置かれていた三脚とビデオカメラを持ってくる。そして、真理香の足もとに立ててセットしていく。

「なにを……」

首をあげて見おろすと、無理やり開かれた膝の間にカメラのレンズが見えた。

「録画するんだよ。恨むなら夏希を恨めよ。あいつが俺を怒らせたから、おまえはこんな目に遭《あ》ってるんだぞ」

黒瀬は録画ボタンを押すと、再びゆっくりと歩み寄ってくる。真理香はカメラのレンズと男の顔を交互に見て、涙で濡れた顔をゆるゆると左右に振った。

「いい顔するじゃないか。そろそろ薬が全身にまわった頃だな」

確かに全身が火照って汗ばんでいた。

そのとき、ふいに乳房の谷間を指先でスッと撫でられて、これまで経験したことのない鮮烈な感覚がひろがった。

「ンああっ！」

思いがけず恥ずかしい声が漏れてしまう。薬のせいで神経が過敏になっているらしい。痺《しび》れるような刺激が、胸の谷間から四肢の先まで突き抜ける。拘束された身体がビクンッと跳ねて、手足を縛り付けている革のベルトがギシギシと嫌な音をたてた。

(な、なに……これ？)

軽く触れられただけなのに、雷に打たれたような衝撃だった。全身の細胞を痺れさせる感覚に恐れおののき、真理香は瞳を大きく見開いた。

「感度があがってるな。この調子なら、きっと面白い画《え》が撮れるぞ」

「ああ、いや……やめてください」

男の言葉でビデオカメラを意識してしまう。膝の間に見えているレンズが、まるで誰かの目のように感じられる。もしかしたら、タイトスカートの奥まで撮られているのではないか。慌てて膝に力をこめるが、もちろん閉じることはできなかった。

「そうそう、零係の話だけどな」

たった今思いだしたというように、黒瀬が語りはじめる。

「非合法な捜査をする部署なんだが、ときには犯人を殺すこともあるらしいぞ」

「そんな……いくらなんでも……」

「それが本当なんだ。俺もこの目で見るまでは信じられなかった」

黒瀬は白衣のポケットから携帯電話を取りだすと、液晶画面に表示させた写真を見せつけてきた。

「これが証拠だ」

「ひっ……」

チラリと見やった瞬間、真理香は思わず息を呑んだ。

黒い服の男が倒れている写真だった。首があらぬ方向にねじ曲がっており、目をカッと見開いている。死体を見たことなどないが、ひと目見ただけで息絶えているとわかった。

「この男は俺の部下だったんだ。昨日の夜、夏希に殺されたんだよ」

さらりと恐ろしいことを言ってのける。人が死んでいるというのに、まるで昨夜のテレビ番組の話でもするような調子だった。

「投げ飛ばされて、頭から落とされたんだ。首が折れてるのわかるか？」

黒瀬はよく見ろとばかりに、目の前に携帯を突きつけてくる。

「即死だったのがせめてもの救いだ。多分、こいつは自分が死んだこともわかってないだろうな。ほら、おまえの姉貴《あねき》がやったんだぞ」

「み、見たくありません……」

真理香は瞳をギュッと閉じて顔を背けた。

「俺たちは違法ドラッグを作ってる。それは否定しないが、だからって殺すのはどうなんだ？」

「ウ、ウソです……お姉ちゃんがそんなこと……」

　写真を見せられただけで信用できるはずがない。姉が間違ったことをするとは思えなかった。

「姉貴を信じたい気持ちはわかる。でも、事実は変えようがないんだ」

「あっ……さ、触らないでください」

　黒瀬がタイトスカートから覗いている太腿に触れてきた。ストッキング越しに撫でまわされて、寒気がゾゾッとひろがっていく。

　やはり感度がアップしており、普通とは明らかに感覚が違っていた。手のひらをあてがわれた部分がカァッと熱を持ちはじめている。そのままタイトスカートの裾《すそ》を押しあげるように、手のひらが太腿を這いあがってきた。

「ダ……ダメです……はンンっ、見えちゃう」

「昨夜の夏希はどうだった？　様子がおかしかったんじゃないのか？」

「そんなこと……やンっ、触らないで」

　言葉を交わしている間もタイトスカートは押しあげられて、ついに股間が剝きだしになってしまう。淡いピンクのパンティが、ナチュラルカラーのストッキングに透けていた。

「ああっ、いやっ、見ないでください」

「まさか平気な顔で晩飯食ってたわけじゃないよな。それとも、人殺しの姉となにも知らない妹で、呑気にテレビでも見てたのか？」

「や……いや……」

タイトスカートは完全にめくりあげられた状態で、内腿をねちねちと撫でまわされる。脚は開いた状態で固定されており、どうやっても逃れることはできない。拘束された両手を強く握り締めて、腰を微かによじらせた。

（お姉ちゃんが、そんな……ウソよ……）

おぞましい愛撫を受けながらも、心のなかで昨夜の出来事を回想する。

姉の様子は明らかに普段と違っていた。不機嫌そうだったし、なにより晩ご飯を食べていない。食べなかったのではなく、喉を通らなかったのだろうか……。

いったん疑りはじめると、次から次へと疑問が湧きあがってくる。

雑用係と言っている割には、帰りが遅くなりがちだ。普段も神経が張り詰めているようで、いっしょに買い物に行ってもやけに周囲を気にしている。そして、なにより鋭い目つきが、刑事だった父親にそっくりだ。

しかし、姉が理由なく人を傷つけるはずがない。仮に黒瀬の話が本当だったとしても、正当な理由があるはずだ。真理香にとって、夏希は誰よりもやさしい、かけがえのない唯一の肉親だった。

「わたしは……わたしは姉を信じます」

半裸状態にされながらも、男の目をまっすぐに見つめていく。

非力な自分だけれど、信じることはできる。例えどんな事実を突きつけられようとも、自分だけは最後まで姉を信じると心に決めた。

「フンッ、信じる信じないは勝手だが、こっちは部下を殺されてるんだ。復讐はさせてもらうぞ」

黒瀬はストッキングの恥丘部分を摘みあげると、爪を立てて思いきり引き裂きにかかった。

「いやっ……」

ビリビリッという嫌な音が地下室に反響する。真理香は皮膚を引き裂かれているような気になり、反射的に全身の筋肉を硬直させた。

「この俺も失神させられてるんだ。このままじゃ部下たちに示しがつかない。上に立つ者としては引きさがれないんだよ」

さらにストッキングが破られて、股間に大きな穴が開けられる。パンティが張りついた股間が剝きだしになり、新たな羞恥が湧きあがってきた。

「夏希に復讐するには、夏希を狙っても意味がない」

「ど……どういうことですか？」

「あの女を苦しめるにはどうすればいいのか。真理香、おまえ自身に当てはめればわかるんじゃないか？」

「ま、まさか……」

「そう、おまえだよ。夏希が一番大切にしているものを穢《けが》してやるんだ」

黒瀬の顔に凄絶な笑みが浮かび、目を剝いて見おろしてくる。殺されるのではないかという恐怖が湧きあがり、全身が小刻みに震えだした。

「怖いか？　殺しはしないから安心しろ。まあ、その代わり、死ぬよりつらい目に遭ってもらうがな」

恐ろしい言葉を浴びせかけられて、真理香は奥歯がカチカチ鳴るのを抑えられなかった。

黒瀬は診察台の下から見慣れない物体を取りだした。白っぽい長さ三十センチほどの棒状で、電気のコードが伸びている。一見したところ電化製品らしいが、用途はわからなかった。

「電動マッサージ器だよ。〝電マ〟ってやつだな。使ったことないのか？」

すでにコードは繋がっているらしく、スイッチを入れるとブウウンッと低い音をたてて、先端のゴムの部分が小刻みに震えだした。

「こいつでおまえの身体をじっくり刺激してやる。エクスタシーXが効いてるところを電マ責めしたらどうなるか、なかなか面白そうだ」

言葉でも散々脅してから、電動マッサージ器が身体に近づいてくる。

思わず首をすくめて身構えるが、首筋に触れる寸前で旋回して離れていく。再び急接近してくるが、またしてもはぐらかすようにストップする。そうやって恐怖だけを与えて、真理香が怯《おび》える様子を楽しんでいるのだ。

「や……こ、怖い……」

「そうか怖いか。じゃあ、そろそろカメラの前で醜態を晒してもらうかな。あとで夏希に見せるんだから色っぽく頼むぞ」

黒瀬の粘着質な声が耳孔に流れこんでくる。真理香は緊張に頬をこわばらせて、ブルブルと振動する電動マッサージ器を見つめていた。

「まずはここだ」

「ひあっ！」

突然の凄まじい刺激に、こらえきれず裏返った嬌声《きょうせい》が迸《ほとばし》る。ついに淫具と化した電動マッサージ器が、ブラジャーに包まれた乳房に触れてきたのだ。

「あっ、いやっ、あぁっ」

想像以上の刺激が全身の神経を激しく揺さぶった。

こんもりとした膨らみの頂点、まさに乳首の真上に、振動するゴムの部分が触れている。未知の刺激を次々と送りこまれて、薬の影響で敏感になった身体は引きつるように反応した。

「おお、すごいな。身体がピンク色に火照ってるじゃないか」

黒瀬はニヤけながら言うと、真理香が身をよじるのに合わせて電動マッサージ器の当たる位置を微妙に調節する。そうやって的確に乳首を捉えつづけて、執拗に責めたててきた。

「あっ、やめてくださ——あぁっ」

感度が異常なほどアップしている。ただでさえ敏感な乳首は瞬く間に尖《とが》り勃《た》ち、さらに過敏になっていた。そこを狙い澄ましたように責められるのだから、初心な真理香が耐えられるはずもない。

「そ、それ、あぁっ……ダ、ダメぇっ」

診察台の上で全身を悶えさせるが、逃げられるはずもない。手首と足首に革製のベルトが食いこみ、鈍い痛みが拘束されていることを思いださせる。

「やっ、そんな……」

「縛られて電マ責めされるのはたまらんだろう。ここは地下室だから、どんなに大声をあげても構わんぞ」

黒瀬は鼻息を荒らげながら、電動マッサージ器を慣れた手つきで操っている。そして、ふいに離したかと思うと、もう片方の乳房に押し当ててきた。

「ああっ、もうやめてください」

まずは乳肉全体を揺さぶり、切ない刺激を与えてくる。その後に乳首を探しだして、執拗に責めたててきた。

「い、いやっ、助けて、はううっ」

左右の乳房を嬲《なぶ》られて、ブラジャーのなかで乳首がビンビンに勃起する。

エクスタシーXの影響だろうか。凄まじい振動を継続的に与えられることで、いつしか乳房が張り詰めていた。胸が大きくなったような気がして、ますます感度が鋭くなっていく。

「も、もう……ああっ、もうっ」

「腰がいやらしく動いてるぞ」

指摘されるまで気づかなかった。無意識のうちに腰がもぞもぞと動いてしまう。まるで男を惑わすストリッパーのように揺らめいていた。

(やだ……身体が……なんかヘン)

なぜか下腹部がキュンとなり、内腿を擦り合わせたい衝動が湧きあがる。眠れない夜など、たまにパジャマの上から股間に触れることがあった。すると妖しい感覚に包まれて、うっとりとした気持ちになる。指先で軽くなぞるだけの、二十四歳にしてはささやかなオナニーだった。

今も手が使えれば、股間に指を這わせたい気分だ。しかし、手足を拘束されている状態ではどうにもならない。内腿を擦り合わせることすらできず、結果として腰をよじらせることになってしまう。

「ああンっ、もういや……はンンっ」

電動マッサージ器による胸への攻撃はつづいている。左右の乳首を交互に刺激して、乳房全体を激しく波打たせていた。

「いい顔になってきたな。発情した牝猫《めす》の顔だ。下の方も刺激してほしくなったんだろう？」

「そ、そんなこと……ンンっ」

振動しているゴムの部分が、胸から腹部へとおりてくる。臍の周辺をゆっくりとまわり、脇腹を触れるか触れないかの微妙なタッチでくすぐってきた。

「やっ……ンンっ」

「こういうところも、意外とたまらんだろう。エクスタシーXは全身の神経に作用してるからな」

「やめて……あっ……あンンっ」

両腕は頭上で固定されており、脇は無防備に晒されている。電動マッサージ器は腰骨のあたりから腋《わき》の下まで、まるで焦らすように上下していた。

「ほれほれ、じっくり可愛がってやるぞ」

「ンっ……やっ……ンあっ」

普段ならくすぐったいだけだろう。しかし、媚薬の力は絶大だった。くすぐったさが瞬く間に妖しげな刺激に変化して全身を駆け巡る。嫌悪感に眉を歪めても身体は反応して、毛穴という毛穴から汗がぶわっと噴きだした。

「はンンっ、も、もう、許してください」

嫌で仕方がないのに、気持ちはどこまでも高揚していく。焦燥感に駆られながら腰をよじり、どうすることもできずに首を左右に振りたくった。

「い、いや、ンンっ、もういやですっ」

「そろそろ限界みたいだな。それじゃあ、とどめを刺してやるか。全部録画してるから、とびきりいい顔で喘ぐんだぞ」

黒瀬の言葉に戦慄を覚える。その直後、電動マッサージ器がパンティに包まれた恥丘にあてがわれた。

「はううッ！」

強烈な振動が下半身全体を包みこむ。子宮まで揺さぶられるようで、条件反射的に拘束された身体が仰《の》け反った。

「や、やめて、あううッ、そ、そこは……」

「まだまだこんなもんじゃないぞ。さあ、クライマックスだ」

「ああッ、いやっ、あああッ！」

閉じることのできない太腿の間に、電動マッサージ器を押しこまれる。振動部分をパンティの船底にあてがわれて、女の一番敏感な部分を刺激された。

「ひあッ、ダ、ダメっ、ひッ、ひああッ！」

ブウウンッという音とともに、凄まじい感覚が下腹部にひろがっていく。花びらが激しく震えて、下肢がブルブルと痙攣をはじめる。宙に浮いているつま先は、まるで感電したようにピーンッと伸びきっていた。

「やっ、いやっ、こんなのいやぁっ」

「イキそうか？　イキそうなのか？　ほれ、我慢することないぞ」

黒瀬はパンティ越しにクリトリスを責めてくる。明らかに狙いを定めて、女の急所を嬲り抜いてきた。

「ああッ、そこ、ダメっ、あッ、あッ」

懸命に振動から逃れようと、腰を右に左によじらせる。しかし、電動マッサージ器は、硬くなったクリトリスを執拗に追ってきた。

「そ、そこはやめて、ひッ、ひいッ、あひいッ」

「染みがひろがってきたぞ。オマ×コが濡れてきたぞぉ！」

「はううッ！」

子宮が掻きまわされるようで、頭のなかが真っ白になってくる。必死に腰を逃がそうとしていたはずなのに、いつのまにかクイクイとしゃくりあげるような動きに変わっていた。

「お、おかしくなるっ、あああッ、おかしくなっちゃうっ」

もうなにも考えられない。股間はぐっしょり濡れている。恥ずかしいのに腰は物欲しげに動いてしまう。強制的に刺激を送りこまれているのに、嫌悪感はいつしか頭の片隅に追いやられていた。

「イッてみろ。カメラの前でイキまくってみろ！」

「やっ、いやっ、あッ、あッ、怖いっ、もうやめてぇっ」

初めての感覚に怯えながらも溺《おぼ》れていく。全身を汗でヌラヌラと光らせて、涙を流しながら背筋を反り返らせた。

「あああッ、もうダメっ、助けて、ああッ、ひあああぁぁぁぁぁぁッ！」

これまで体験したことのない快感が、股間から脳天まで突き抜ける。汗だくの身体が激しく痙攣して、股間から尿とは異なる液体が噴きだした。

（ああ……こんなのって……）

初めて体験する絶頂だった。

パンティをぐっしょりと濡らしながら、痺れるような感覚に酔いしれる。全身が気《け》怠《だる》い愉悦《ゆえつ》に包まれて、ふっと意識が遠のいていった。

4

「も、もう……許してください」

真理香の掠《かす》れた声が冷たいコンクリートの壁に反響した。

拘束を解かれて、地下室の奥にあるパイプベッドの前にへたりこんでいる。しくしくと涙を流し、ブラウスの前を掻き合わせていた。

「服を脱いでベッドにあがるんだ」

冷徹な声が頭上から降り注いでくる。釣られるように顔をあげると、おぞましい光景が視界に飛びこんできた。

「いやっ……」

思わず小さな声を漏らして視線を逸らす。

信じられないことに、黒瀬が全裸になってベッドに腰掛けていた。ぜい肉がたっぷり付着した体はあまりにも醜悪だ。腹まわりはだるだるに弛んでおり、股間には野太いペニスがぶらさがっていた。

(あ、あれが……男の人の……)

生まれて初めて目にする男性器だった。

なんとなく想像はしていたが、その大きさに驚かされる。グロテスクな肉塊は、とても人間の体の一部とは思えない。他の部分は生白いのに、ペニスだけがやけに黒光りしているのが不気味だった。

「どうした。男の体を見るのは初めてじゃないだろう?」

黒瀬が面白そうに声をかけてくる。

「こっちを見るんだ。俺のチ×ポはなかなかでかいぞ」

「み、見たくありません……」

「こいつをぶちこまれたら、どんなに貞淑《ていしゅく》な女でもヒイヒイよがるんだ」

わざと下品な言葉をかけて、真理香の反応を楽しんでいるようだ。黒瀬は見せつけるように、股を大きく開いていった。

「おまえにも試してやる。早くベッドにあがるんだ」

こんな男にヴァージンを奪われたくない。真理香は背中を丸めて、ますますうつむいていった。

「もしかして処女なんじゃないか？」

いきなり図星を指されてギクリとする。

ヴァージンだとわかると、なおさら牡《おす》の獣欲を刺激するのではないか。恐ろしくなって黙りこみ、肩をすくめてガクガクと震えてしまう。そんな態度を取ると、ヴァージンだと認めることになってしまうのに……。

「やっぱりそうか。青臭い反応を見てればわかるさ」

黒瀬は嬉しそうにつぶやいて立ちあがり、三脚をベッドのすぐ脇にセットする。そして、あらためて録画を開始するとギラつく目で見おろしてきた。

「せっかくの貫通記念だからな。綺麗に撮ってやるよ」

「や……ゆ、許してください」

涙声で懇願するが、まったく相手にしてもらえなかった。

「レイプでロストヴァージンか。一生忘れられない思い出になるぞ」

自分の辿《たど》る運命を悟り、顔から血の気が引いていく。

拘束を解かれたとはいえ、非力な真理香が逃げられるはずがない。黒瀬を振り払って廊下に飛びだしたとしても、すぐに屈強な男たちに囚《とら》われてしまうだろう。そうなると、さらに酷《ひど》い仕打ちが待ち受けているに違いなかった。

「いや……いやいやっ」

胸のうちにあるのは恐怖だけだ。真理香は自分の身体を強く抱き締めて、紙のように白くなった顔を左右に打ち振った。

「助けて、お願い……助けてください」

「そこまで言われると、俺も鬼じゃないからな」

黒瀬はペニスを剝きだしにしたまま腕組みをする。そして、わざとらしく難しい顔を作って唸りだした。

「仕方ない。口で満足させたら、レイプは勘弁してやる」

「……え？」

意味がわからず、思わず男の顔を見つめていく。すると、悪魔のような笑みを返されて背筋がゾッと寒くなった。

「俺のチ×ポをおまえの唇と舌で気持ちよくして射精させるんだ」

黒瀬は散々もったいぶってから、信じられない言葉を浴びせかけてくる。思わず股間に目を向けると、気色悪い肉棒がブラブラと揺れていた。

「フェラチオだよ。聞いたことくらいあるだろう？　なあに、やり方は俺が教えてやる。口に咥《くわ》えてペロペロするだけだ」

「く、口でなんて……」

考えただけでも目眩《めまい》がしそうだ。あのおぞましい物体を口で愛撫するなんて考えられない。指で触れることさえ抵抗感があった。

「イカせることができなかったら、どうなるかわかってるな？」

やることを前提に話が進められていく。この状況で拒絶すれば、すぐにでもレイプされてしまうだろう。

（や……やるしか、ないの？）

断崖絶壁まで追い詰められた気分だ。

逃げ道はどこにもない。最後まで抵抗して崖の上から身を投じるか、それとも諦めて投降するか。選択肢はふたつにひとつだ。

「まずは服を脱いでもらおうか。素っ裸になってフェラするんだ」

「そんな……」

「いやならいいんだよ。処女をもらうだけだからな」

黒瀬の口調は穏やかだが、有無を言わせない迫力がある。この狭い地下室のなかでは、絶対的な存在として君臨していた。

（もう……逃げられないのね）

真理香は姉の顔を思い浮かべると、心の底から「助けて」と呼びかける。そして、絶望の涙を流しながら、すでにはだけているブラウスにおずおずと手をかけた。

華奢《きやしや》な肩を露わにすると、今度は床に座ったままタイトスカートをおろしていく。男性の前で肌を晒す羞恥に卒倒してしまいそうだ。しかし、ヴァージンを守るためには、こうするしか方法がなかった。

さらに破かれたストッキングを脱いで、淡いピンクのブラジャーとパンティだけになる。あまりの心細さに身体の震えがとまらない。許しを乞うような瞳で見あげるが、黒瀬はどこまでも非情だった。

「甘えるんじゃない。全部脱ぐんだ」

「ああ、見ないでください……」

真理香は羞恥と屈辱に下唇を噛み締めながら、両手を背中にまわしてブラジャーのホックを外す。途端にカップを弾《はじ》き飛ばす勢いで、お椀を双つ伏せたような乳房がまろびでた。

染みひとつない雪白の丘陵の頂点には、薄いピンクの乳首が鎮座している。妖しい薬と電動マッサージ器による刺激で、ぷっくりと隆起しているのが恥ずかしい。真理香はブラジャーを取り去ると、思わず両腕で乳房を掻き抱いた。

「隠すんじゃない。早く下も脱ぐんだ」

「も、もう無理です……」

「俺はこう見えても気が短いんだ。無理やりチ×ポを突っこまれたくなかったら、言うとおりにしたほうが身のためだぞ」

「うつうぅぅつ……許して……」

嗚咽《おえつ》を漏らしながら、コンクリートの床の上で膝立ちになる。

そこまで言われたら逆らえない。レイプされるくらいなら、少しの間だけ我慢するほうがましに思えた。パンティのウエストに指をかけると、逡巡しながらもそろそろとおろしていく。

「おおっ、見えてきたぞ。真理香の下の毛が」

黒瀬の粘りつくような視線が恥丘を這いまわる。まるで愛撫されているような嫌悪感を覚えて、肩をすくめずにはいられなかった。

「い、いやです……そんなに見られたら……」

消え入りそうな声で抗議する。

うっすらとしか生えていない秘毛が恥ずかしい。縦に走る溝が透けており、自分でも子供っぽいと思っていた。そこを男にまじまじと見つめられて、全身が燃えあがるような羞恥に包まれていく。

「隠すなと言ってるだろうが」

反射的に手で覆い隠そうとするが、すかさず鋭い声が降り注ぐ。真理香はどうすることもできず、膝立ちの姿勢で裸身を晒しつづけた。

(ああ、もういや……死んでしまいたい)

頭のなかまで熱くなり、なにも考えられなくなってくる。すると、黒瀬がニヤつきながら手招きをした。

「こっちに来い。犬みたいに這ってくるんだ」

裸になったことで、ますます抵抗する気力が萎《な》えている。言われるままコンクリートの床に這いつくばり、目の前まで近づいた。黒瀬は股を大きく開いているので、膝の間から見あげるような格好だ。

「念のため、こいつを嵌めさせてもらうぞ」

いきなり腕を摑まれて背後にひねりあげられる。そして、隠し持っていた手錠を嵌められてしまった。

「ああ、そんな……」

ひんやりとした金属の感触にゾッとする。身をよじると背後でジャラッと鎖が鳴った。刑事ドラマでしか見たことのない手錠で拘束されている。現実離れしたことの連続で、悪夢のなかを漂っているようだった。

「フェラチオが終わったら外してやる。ほれ、はじめるんだ。まずはチ×ポの先っぽにキスしてみろ」

逃れられない運命なら、せめて一刻も早く終わらせたい。しかし、男性とキスをした経験もない真理香だ。まさかファーストキスがおぞましいペニスになるとは思いもしなかった。

それでもやらないわけにはいかない。真理香は意を決して男の膝の間で正座をすると、前屈みになって顔をペニスに近づけていった。

「うっ……」

強烈な悪臭が鼻を突く。蒸《む》れたような匂いに加えて、これまで嗅いだことのない獣臭が鼻腔に流れこんできた。思わず顔を背けそうになるが、黒瀬の機嫌を損ねたくないので、なんとか気力で踏みとどまった。

しかし、どうしてもそれ以上近づくことができない。嫌悪感が全身の筋肉を硬直させる。キスしてしまったら、大切なものを失うような気がした。

「なにをしている。早くしゃぶるんだ。それとも処女喪失ビデオを撮影するか？　ドキュメントになるから演技の必要はないぞ」

黒瀬の脅し文句に震えあがる。この男なら本当にレイプするだろう。真理香は激しく葛藤しながらも、唇を男根に寄せていった。

「ンンっ……」

先端に軽く触れただけで、全身のうぶ毛がゾワゾワと逆立っていく。あまりの気色悪さに、悲鳴が喉もとまで出かかった。

暗い悲しみがこみあげて、胸の内側にひろがっていく。おぞましい肉塊とキスしたことで、人生が終わってしまったような絶望感に囚われた。

「ようし、そのまま先っぽを咥えてみろ」

黒瀬が偉そうに命じてくる。

黒光りするペニスの先端は、まるで大蛇の頭のように膨らんでいて気色悪い。それでも、やるしかなかった。真理香は涙を流しながら首を傾けて、垂れさがったペニスの先端を苦労して咥えこんだ。

「はむううっ……」

ほんの少し口に含んだだけで、強烈な獣臭が流れこんでくる。いきなり吐き気がこみあげて、背後で拘束された両手を強く握り締めた。

(いやっ……気持ち悪い)

眉をキュウッと歪めながら見あげると、黒瀬が嬉しそうに唇の端を吊りあげる。そして、もっと咥えろとばかりに腰を突きだしてきた。

「うぐぅっ!」

男根をズッと口内に押しこまれ、反射的に仰け反りそうになる。しかし、後頭部をがっしりと抱えこまれて、逃げられなくなってしまう。

「イカせるまでつづけるんだ」

さらに顔を力まかせに引き寄せられる。真理香は為《な》す術《すべ》もなく唇を大きく開き、ペニスを受け入れるしかなかった。

「ううっ……うむううっ」

喉奥で呻くが許してもらえない。グニャグニャとしたペニスで口内がいっぱいになっていた。鼻先が陰毛のなかに埋まっているのも気持ち悪い。男性器を口のなかにねじこまれていると思うと、身の毛もよだつような汚辱感が押し寄せてきた。

(ああ、助けて、お姉ちゃん……い、いや、もういやぁっ!)

今朝まで姉と普通に過ごしていたのに、なぜか全裸でペニスを咥えている。いったい、どうしてこんなことになったのだろう。悪い夢を見ているだけだと思いたいが、頭上から降り注ぐ声は紛れもない現実だった。

「もっと奥まで咥えられるだろう。気合いを入れてしゃぶらないと、いつまで経っても終わらないぞ」

「うむっ、やっ……ンううっ」

無意識のうちに舌で押し返そうとする。しかし、両手を使えない状態ではどうにもならなかった。

「よし、その調子で舌を使うんだ」

さらに後頭部を押さえこまれて、ペニスを根元までしゃぶらされる。すると、ふいにペニスがムクムクと膨らみはじめた。

「おおっ、勃ってきた、勃ってきた」

黒瀬が早口でつぶやき、股間をぶるっと震わせる。その直後、男根が意志を持った生き物のように太さを増していく。瞬く間に形を変えると、猛烈な勢いで唇を押し返してきた。

(や、やだ……口のなかでどんどん……)

凄まじい勃起だった。顎が外れそうなほど巨大化して、火傷《やけど》しそうなほど熱化している。先端部分はすでに喉の奥に到達していた。

「あんまり気持ちいいから、こんなにビンビンになったぞ」

「おむううっ……」

男の声が遠くに聞こえる。もう思考がまわらない。窒息しそうな息苦しさと悪夢のような現実に苛《さいな》まれて、首を左右に振りたくった。しかし、泣きながら拒絶する様子は、ますます男を悦ばせてしまう。

「くおっ、いいぞ。なかなか筋がいいじゃないか」

黒瀬は興奮した様子で、頭をがっしりと摑んで無理やり前後に動かしてきた。

勃起したペニスが出入りを繰り返し、喉の奥を容赦なく突きあげてくる。真理香は嘔吐感を懸命に抑えこみ、舌でなんとか亀頭を押し返そうとした。

「くっ……舌の使い方が上手《うま》いな。よし、あとは自分でやってみろ」

ふいに頭から手を離すと、一転して自分で首を振るように命じてくる。ペニスだけをそそり勃たせて、ニヤニヤしながら見おろしてくるのだ。

（そんな……）

なにもかもが初体験の真理香には、どうすれば男が感じるのかわからない。とりあえず、先ほど強要されたように首をゆっくり前後させてみた。

「ンっ……ンっ……」

「やればできるじゃないか。口のなかに唾を溜めてチ×ポに塗りたくってみろ。ヌルヌル滑らせて気持ちよくするんだ」

満足させなければレイプされてしまう。涙を流しながら首を振り、グロテスクな男根をねっとりとしゃぶりまくる。剝きだしの乳房がタプタプ揺れて恥ずかしいが、隠すことはできなかった。

「おおうっ……いいぞ」

黒瀬が唸ったとき、ペニスの先端からトクンッと汁が溢れだす。強烈な生臭さと苦みがひろがり、危うくむせ返りそうになった。

「うぶぅっ……ンっ……ンンっ」

それでも途中でやめるわけにはいかない。レイプされないためには、黙ってつづけるしかなかった。

「その調子だ。俺がイクまでやるんだぞ……おおおっ」

黒瀬が気持ちよさそうな声を漏らすのが気色悪い。ペニスはさらにひとまわり大きくなり、小刻みに震えはじめていた。

(もういや、気持ち悪い……ああ、早く終わって)

口を性器のように扱われるのはつらいが、自ら奉仕するのも屈辱的だ。唇から吐きだされる太幹は、唾液がまぶされてヌラヌラと黒光りしている。先端からは、獣臭い汁が次から次へと溢れていた。

「スピードをあげろ。唇で締めつけて、もっと速く擦るんだ」

「はンっ……ふンっ……むふンっ」

言われるまま唇を強く窄《すぼ》めて、熱くなった肉棒をギュウッと締めあげる。早く解放されたい一心だった。首の振り方を激しくすると、黒瀬の呻き声があからさまに高まっていく。

「おおおっ……ようし、思いきり吸いあげてみろ。そろそろ出してやるぞっ」

「ンンッ、うぶうううッ!」

真理香は唇を密着させると、頬をぼっこり窪《くぼ》ませながら吸引した。

ジュブブブッ——。

下品な音が響き渡るが、もう気にしている余裕はない。自分の手のひらに爪を食いこませて拳を握り、息苦しさに涙しながら口腔ピストンに没頭した。

「出してやるから全部飲めよ……くううッ」

黒瀬が切羽《せっぱ》詰まった声を漏らして腰を息ませる。絶頂が迫っているのは明らかで、真理香はさらに全力でペニスを吸いあげた。

「ううッ、ふむうううッ」

「おおおッ、だ、出すぞっ、ぬおおおおッ！」

獣のような咆哮《ほうこう》が轟《とどろ》くと同時に、頭をがっしりと摑まれる。根元まで押しこまれたペニスが跳ねまわり、熱い粘液が勢いよく噴きだした。

「ひぐうううッ！」

恐ろしく大量の精液を口内に流しこまれて、強烈な生臭さが鼻に抜ける。激しい嘔《おう》吐《と》感に胸を喘がせるが、射精の勢いのほうが勝っていた。

（く、苦しいっ、死んじゃう！）

死にも勝る屈辱だった。しかし、息苦しさには耐えきれない。注ぎこまれるそばから喉をゴクゴクと鳴らし、牡の欲望汁を嚥下していった。

「一滴も残すなよ。おおおっ！」

黒瀬はしつこく男根を脈動させて唇を犯し尽くす。真理香は発狂しそうな汚辱感にまみれながら、ひたすらザーメンを飲みつづけた。

5

「ハァ……ハァ……」

ようやく男根を引き抜かれて、真理香は涙をこぼしながら空気を貪《むさぼ》った。

後ろ手に手錠をかけられた状態で肩を落とし、男の脚の間で力なく横座りしている。心に傷を負って、凍えたように裸身を震わせていた。

今していた行為を思いだすと悪寒が走り抜ける。

飲精のおぞましさに、全身の皮膚が粟立《あわだ》っていた。しかも、煮えたぎったザーメンを流しこんだことで、胃のなかが異様に熱くなっている。牡の粘液が喉の奥にもへばりついて気持ち悪かった。

吐きだす息が生臭い。胃がムカムカして、嘔吐感が何度もこみあげてくる。

それでも、なんとか黒瀬を射精に導くことができた。これでようやく解放してもらえるはずだった。

「まだ終わってないぞ」

「……え？」

「なにを休んでる。ほら、もう一回しゃぶれ」

射精直後にもかかわらず、ペニスは硬くそそり勃っている。太幹にはミミズのような血管がのたくっており、先端から透明な汁をタラーッと滴《したた》らせていた。

「一回くらいの射精で満足すると思ってるのか？」

「そ……そんな……」

真理香は思わず絶句してしまう。ほっとしたのも束の間、またしてもフェラチオを命じられて、目の前が真っ暗になった。

「早くはじめるんだ。それとも、オマ×コにぶちこんでほしいのか？」

黒瀬がベッドから立ちあがる気配を見せる。その瞬間、レイプの恐怖が湧きあがり、慌てて股間に顔を寄せた。

やらなければ犯されてしまう。ヴァージンを守りたければ、この男を満足させるしかない。小刻みに震える唇を、パンパンに膨らんだペニスの先端に被せていく。

「はむうぅっ……」

「よし、首を振るんだ。二回目だから激しくしないとイカないぞ」

しかし、もう真理香の体力は底を突きかけている。懸命に唇をスライドさせるが、先ほどのようにテンポよく首を振ることはできなかった。

「しっかりしゃぶるんだ。これじゃあ、いくらやっても射精しないぞ」

「ンっ……ンっ……」

首を一回振るたびに体力が削られていく。手が使えないので、なおのこと消耗が激しい。顎にも力が入らず、ペニスを強く締めつけることができなかった。

「なにをしてる。もっと強く締めつけてみろ」

「むはっ……も、もう、無理です」

真理香はたまらずペニスを吐きだし、涙ながらに訴えた。

再び射精に導けるとは思えない。もう疲れ切っていた。とてもではないが、首を振りつづける気力は残されていなかった。

「少しでいいんです……休ませてください」

「甘ったれるな。俺はまだ満足してないぞ」

非情な声が降り注ぐ。黒瀬は勃起したペニスを揺らし、一歩も引かないといった感じで見おろしてきた。

「お、お願いします……少しだけ……」

もう真理香にできるのは、許しを乞うことだけだ。しかし、どんなに懇願したところで、この悪鬼のような男の心には届かなかった。

「待てないな。フェラできないなら仕方がない」

黒瀬はおもむろに立ちあがり、真理香の両肩を摑んで無理やり立ちあがらせる。そして、ベッドに乗せあげるや否や、仰向《あおむ》けに押さえつけてきた。

「やっ……ま、まさか……」

「俺を満足させられなかったんだ。たっぷり楽しませてもらうぞ」

レイプするのは当然の権利とでも思っているらしい。黒瀬は不気味な笑みを浮かべて、好色そうに舌なめずりする。まるで獲物を前にした蛇が、舌をチロチロと覗かせているようだった。

「ああっ！」

膝に手をかけられて、グイッとばかりに割りひろげられる。いきなり股間が剝きだしになり、猛烈な羞恥がこみあげた。

「い、いやですっ、見ないでください！」

「綺麗なピンクじゃないか。ビラビラも型崩れしてないし、最高のオマ×コだ。真理香の初めての男になれると思うと、じつに興奮するねぇ」

黒瀬は目を剝いた下品極まりない表情で、黄ばんだ前歯を覗かせる。そして、青筋を浮かべた男根を躊躇することなく恥裂に押し当ててきた。

「ひっ……そんな、約束が……」

ペニスの熱が花びらに伝わり、レイプの恐怖が爆発的に膨れあがった。

「約束？　本気で信じていたとはおめでたい奴だな。こんないい女を前にして、犯《や》らない馬鹿がどこにいる」

はじめから約束を守る気などなかったらしい。凶器のような亀頭が膣口に密着して、先端から溢れる透明な汁がニチャッと卑猥な音を響かせた。

「やっ……ま、待ってくださいっ」

「ようし、ぶちこむぞ。俺のチ×ポで女にしてやる」

黒瀬はくびれた腰をがっしり摑み、獣欲に狂った目で宣言する。そして、欲望のままに股間を突きだしてきた。

「うりゃあッ！」

「ああァッ、挿《い》れないで……あひいいいッ！」

先端が沈みこんできたかと思うと、休むことなく一気にねじこまれる。処女膜がブチブチッと破られて、身体を真っ二つに引き裂かれるような激痛が突き抜けた。

「い、痛いっ、やめて、壊れちゃうっ」

灼けた鉄棒で串刺しにされたと錯覚するほどの衝撃だ。背筋がビクンッと仰け反り、大粒の涙が飛び散った。

「おおおっ、締まる締まるっ」

「ああァ、お姉ちゃん、助けてぇっ！」

悲痛な叫びが地下室に響き渡る。届くはずがないとわかっていても、助けを求めずにはいられない。ついにレイプでヴァージンを散らされてしまったのだ。必死のフェラチオも、すべてが無駄な努力だった。

真理香の精神は崩壊寸前まで追い詰められていた。

これほど最悪の処女喪失があるだろうか。拉致監禁されて、見知らぬ中年男にペニスを突きこまれた。二十四年間守ってきた清純な身体を、一瞬にして穢されてしまったのだ。

「ククク、全部入ったぞ」

黒瀬が目を剝いて見おろしてくる。鼻の穴を大きくひろげて、唇の端をニヤリと吊りあげていた。

「大人の女になった気分はどうだ？」

勃起をずっぽり埋めこむが、すぐには動かそうとしない。陰毛同士をシャリシャリと絡ませた状態で、馴染《なじ》ませるように動きをとめる。そして、乳房に手のひらをあてがい、こってりと揉みあげてきた。

「ンううっ、い、いや……」

破瓜《はか》の痛みに、身体を嬲られるおぞましさがプラスされる。涙でぐしゃぐしゃになった顔を左右に振りたくるが、黒瀬がやめてくれるはずもなかった。

「じっくり嬲ってやる。まだエクスタシーXが効いてるから、すぐに痛みは消えるはずだ。ほら、こうやって揉むとたまらないだろう？」

妙にやさしい手つきで乳房を揉みあげて、そっと乳首を摘んでくる。すると、いきなり妖しい刺激が波紋のようにひろがり、乳房の先端に血液が集まりはじめた。

「あうっ……そ、そこは……」

身体が火照っているのは、黒瀬の言うとおり薬の影響かもしれない。全身の皮膚が汗ばんでおり、やはり感度が通常よりもアップしていた。

「乳首が勃ってきたぞ。やっぱり感じるんだな」

黒瀬はペニスを深く埋めこんだまま動かさず、胸だけを執拗に責めたててくる。柔肉をほぐすようにじっくりと揉みしだき、硬くなった乳頭を思いのほか繊細にクニクニと転がされた。

「はンっ、やめて、ください」

破瓜の痛みは急速に小さくなっている。黒瀬の言うとおり、薬のせいか肉を裂かれるような激痛は消え去り、妖しい鈍痛が下腹部に渦巻いていた。

散々乳首をいじられたと思ったら、一転して乳輪をじわじわとなぞられる。指は芋虫のように太いのに、器用に乳首を避けてきわどい刺激を送りこんできた。

「ンンっ……い、いや……」

「目がトロンとしてきたじゃないか。たまらなくなってきたんだな」

「こ、こんなの……いやなだけです……」

若干息遣いが荒くなっている。身体がさらに熱くなり、なにやら居ても立ってもいられない気持ちになってきた。

（ああ……わたし、どうしちゃったの？）

膣には野太いペニスを突きこまれて、乳房をいやらしく愛撫されている。嫌悪感が消えることはないが、得体の知れない焦燥感に駆られていた。

「腰が動いてるぞ。ピストンしてほしいのか？」

「や……ち、違います……そんな……ンンっ」

赤面しながら慌てて否定する。しかし、腰が勝手にムズムズと動いていたのは事実だった。

ペニスを咥えこまされた女壺が切なくなり、腰をよじらせずにはいられない。下腹部全体が燃えるように熱くなっている。なぜか膣の奥から、いやらしい蜜が次から次へと溢れてとまらなかった。

「照れることないだろう。オマ×コは嬉しそうにチ×ポを咥えこんでるぞ」

黒瀬はからかいの言葉を浴びせかけると、不意打ちで双つの乳首を摘んできた。

「あううっ！　そ、そこダメです」

思わず喘ぎ声が漏れてしまう。

甘美な電流が乳首から四肢の先まで走り抜けて、手錠で後ろ手に拘束された裸体がビクッビクンッと陸に打ちあげられた魚のように跳ねまわった。乳輪だけを焦らすように刺激されたことで、感度がさらに高まっていた。

「敏感になってるみたいだな。ほれ、もっとしてやるぞ」

ごつい指でやさしく乳首を転がされる。痺れるような感覚に翻弄されて、真理香は涙を流しながら腰を震わせた。

「ああっ……はンンっ」

紛れもない快感だった。もう喘ぎ声を抑えられない。処女なのに媚薬の効果で身体は感じまくっていた。乳首を摘まれるたび、甘い刺激が下腹部を直撃する。子宮がキュッと収縮して、膣道が波打つように反応した。

「そんなに喘いで恥ずかしくないのか？」

黒瀬は乳首を指の間に挟みこみ、左右の乳房を鷲摑みにする。そして、太い指を無遠慮に食いこませて、捏ねるように揉みしだいてきた。

「い、いや……はううっ」

望まない愉悦がひろがり、やるせない溜め息が溢れだす。

張り詰めた乳肉をマッサージするようにほぐされて、我慢できずに腰をくなくなとよじらせた。全身の神経が過敏になり、膣内に収まっている男根をなおのこと強く意識してしまう。

「も……もう、許してください……ンンンっ、いやです」

「そんなこと言っても感じてるんだろう。誤魔化したってわかるぞ。オマ×コが嬉しそうにチ×ポを締めつけてるじゃないか」

「ウ、ウソです、そんな……」

「だったら試してみるか。そろそろ馴染んできた頃だろうからな」

黒瀬は意地の悪い笑みを浮かべて、おもむろに腰を振りはじめる。ペニスをズルズル引きだしたと思ったら、再びスローペースで埋めこんできた。

「あっ……あっ……う、動いちゃ……あンンっ」

奥までズンッと突きこまれて、重苦しい衝撃が下腹部にひろがっていく。

もう痛みはほとんど感じなかった。膣襞《ちつひだ》を摩擦される妖しげな刺激が、わずかに残る鈍痛をはるかに凌駕していた。

「こんなのいやっ……ンああっ」

ペニスを抜き差しされると喘ぎ声が漏れてしまう。

身体の奥を貫かれて掻きまわされる。気色悪くてならないのに、なぜかどうしようもないほど感じて、下肢を男の腰に巻きつけていた。

「おいおい、ずいぶん大胆だな」

「あっ……ああっ……い、いやですっ」

「言ってることとやってることが違うだろう」

指摘されても身体が勝手に反応してしまう。ペニスをもっと奥まで受け入れるように、はしたなく腰をしゃくりあげていた。

「くおっ……この締まり具合、初めてとは思えないな」

黒瀬がピストンスピードをアップさせる。結合部からクチュックチュッと湿った音が聞こえて、犯されていることをいやでも実感させられた。

「許してください……あっ……あっ……」

ひと突きされるごとに快感が大きくなり、精神が崩壊していくような気がする。ペニスという肉の凶器によって、身体だけでなく心にも深い傷痕が刻まれていた。

「ああぁッ、もうおかしくなっちゃうっ」

「エクスタシーXのすごさがわかったか？　ヴァージンでもこれだけ感じるんだ。イキたかったらイッてもいいんだぞ」

黒瀬が巨体を弾ませるように男根を穿《うが》ちこんでくる。膣の奥をガンガン突かれて、逃れられない快楽の大波が押し寄せてきた。

「あッ、ああッ……こ、怖いっ、やだ……も、もう帰らせてください」

「おまえはもうここから出られないぞ。死ぬまで俺に犯されながら暮らすんだ」

「そ、そんな……いやっ、あああッ、いやぁっ」

一生この地下室から出られないと思うと激しい目眩に襲われる。これまでにない恐怖が押し寄せて、胸の奥に絶望感がひろがっていく。すると、疲弊した心が逃げ道を求めるように、肉の快楽を受け入れはじめた。

「あンンっ、もう……あああッ、もうっ」

「くっ……そんなに締めつけると出ちまうぞ」

黒瀬も限界が近いらしく、苦しそうに呻きながら腰を振る。膣奥を抉りまくる凄まじいピストンだ。

「薬漬けにして、いずれはショーに出してやる。たっぷり稼いでもらうからな」

「あッ、あッ、いや、いやっ」

言葉でも責めたてられて、肉体だけではなく精神も追い詰められる。真理香は首を左右に振りたくり、おぞましい快楽の波に呑みこまれていく。

「おおおッ、ようし、出してやる。おまえは今日から俺の物だ！」

「そ、そんな……ああッ、激し……あああッ」

身体が勝手に動き、男の腰に巻きついた脚にグググッと力がこもる。無意識のうちに男根を引きこんで、はしたなく股間を突きあげていた。

「そんなに腰を振って、奥に欲しいんだなっ」

「ああッ、あああッ……ち、違いますっ」

「オマ×コの一番奥に刻みこんでやる……出すぞっ、ぬおおおおッ！」

「ひああッ、ダメぇっ、ひいッ、いやぁっ、あああぁぁぁぁぁッ！」

噴きだした大量のザーメンが、容赦なく子宮口に浴びせかけられる。途端に頭のなかが真っ白になり、真理香は白目を剝きながら全身をガクガクと痙攣させた。

「おううッ、まだまだ出るぞぉっ」

「ひいッ……ひいッ……」

もう意味のある言葉を発することはできない。遠のきそうな意識のなか、真理香は涎《よだれ》を垂らしてこの世のものとは思えない快楽に酔いしれた。

射精が終わっても、黒瀬はペニスを根元まで挿入したまま動かない。まるで余韻《よいん》に浸るように、しばらく巨体をヒクつかせていた。

ようやくペニスがズルリと引き抜かれる。一拍おいて、中出しされたザーメンがドロッと逆流してきた。

「はぅぅっ……」

生温かい牡汁が、肛門に向かって垂れるのが気色悪い。しかし、もう身をよじる気力すら残っていなかった。

「妹がレイプでヴァージンを失ったと知ったら、夏希は悲しむだろうな」

黒瀬の不気味な含み笑い声が、コンクリートの壁に反響する。

（お願い……そんなことお姉ちゃんには言わないで……）

大切な人を悲しませたくない。それ以外に望むことはなにもなかった。もうすべてを失ってしまったのだから……。

真理香は焦点の合わない瞳を宙に向けて、絶望の涙で頬を濡らした。

第三章　淫魔《いんま》の言いなり

1

夏希はいつものようにバスに揺られて湾岸北署に出勤した。

他の署員たちも出勤してくる時間帯だ。正面玄関から入り、混雑しているエレベーターホールを通り過ぎる。階段で地下におりると、ヒールをカツカツ鳴らして薄暗い廊下を歩いていく。

(あの子、どうしてデパートのことなんて思いだしたのかしら……)

自宅マンション前で、真理香がふと見せた淋しそうな表情が気にかかった。

あれは家族四人で出かけた数少ない思い出のひとつだ。夏希は中学生で、真理香は小学校低学年だった。迷子になった真理香は不安でいっぱいだったのだろう。捜しにいくと、抱きついて泣きじゃくった。

妹は昔から繊細すぎるところがある。

真理香本人は気づいていないが、なにか心配ごとがあると必ず両親が健在だったときのことを思いだす。心のバランスを保つため、無意識のうちに楽しかった記憶を呼び起こすようだった。

(きっと、なにかを感じてるのね)

夏希がＮＦ製薬研究所に潜入したのは昨日のことだ。

危険な目に遭った影響で、家に帰ってからも食欲が湧かなかった。そんな夏希の様子を見て、真理香は不安になってしまったのだろう。

零係の任務については家族にも教えてはならない決まりだ。だから真理香には雑用ばかりの部署だと伝えてある。妹に余計な心配をかけないためにも、ＮＦ製薬に関する事件を早急に解決したかった。

夏希は気持ちを引き締めると、地下資料室の隣という文字どおり日陰に存在する部署、零係のドアを開けた。

「おはようございます」

すぐに元気のいい声が聞こえてくる。

パートナーの平岸圭介。三つ年下の二十七歳で、一見したところ刑事とは思えない爽《さわ》やか系の好青年だ。夏希とは三年前からコンビを組んでいる。やる気が少し空回り気味だが、一所懸命なところに好感が持てた。

零係の部屋はシンプルだ。十畳ほどのスペースに、スチールデスクとスチールロッカーが二つずつ。しかし、任務に関する資料はいっさいない。極秘事項ばかりなので報告書以外は文書にせず、捜査官の頭にすべて叩きこまれていた。

湾岸北署刑事課零係の人員は夏希と圭介の二名だけ。パートナーとは絶対の信頼関係が築かれている。零係の活動は刑事課から完全に孤立しており、指令は公安からおりてくるシステムになっていた。

「おはよう。今朝も早いわね」

夏希が声をかけると、圭介は白い歯を見せてにっこりと笑った。

デスクに向かってノートパソコンのキーボードを叩いていた。昨日の潜入捜査の報告書を作成しているのだろう。

「これが俺の仕事ですから」

「入念に準備をして、徹底的にバックアップします。桐沢さんは潜入捜査に専念してください」

圭介はサポートで、動くのは夏希という役割分担ができている。通常の捜査は二人一組が基本だが、零係の場合は非合法という特殊性ゆえ、人目につきにくい単独捜査をすることが多かった。

「朝から気合いが入ってるわね」

「い、いえ、それほどでも……」

夏希が笑いかけると、圭介は心なしか顔を赤らめる。そして、紺色のスーツを持ちあげている胸もとをチラリと見やり、慌てたように視線を逸らした。

彼の気持ちには以前から気づいている。しかし、その気持ちに応えられない。

三年前、当時コンビを組んでいた太田哲朗が突然失踪した。上層部は事件性なしと判断したが、夏希はいまだに信じていなかった。なにしろ、哲朗とは恋人同士で結婚の約束までしていたのだから……。

今でも哲朗が帰ってくるのを待ちつづけている。

圭介は真面目で信頼できる部下だ。仕事のパートナーとしては申し分ない。しかし、恋人関係に発展することは考えられなかった。

「桐沢さん、あの……昨日のことなんですけど」

圭介がなにやら言いにくそうに切りだした。

「例の違法ドラッグ……エクスタシーXなんですが、実際のところ効き目はどうだったんでしょうか？」

昨夜、自力で脱出して署に戻ってから、圭介にはすべてを報告してある。

第七研究棟に潜りこみ、屈強な男たちと格闘になったこと。そのうちの一人を結果として殺害したこと。銃を突きつけられて囚われの身となったこと。さらには、エクスタシーXを飲まされて嬲《なぶ》られたこと……。

「報告書を作成するのに、もう少し詳しく書かないと。なにしろ、ドラッグ製造の証拠が摑めてないものですから……」

語尾がどんどん小さくなっていく。圭介は申し訳なさそうに肩をすくめて、視線をすっと逸らしていった。

「そうね。わたしも同感だわ。確かにエクスタシーXのことは、できるだけ詳しく報告するべきね」

夏希は自分の席に腰をおろすと、何食わぬ顔で向かいの圭介を見つめた。

「なんでも聞いて。覚えてることは全部話すわ」

「なんかすみません。いやなことを思いださせるみたいで……」

何度も頭をさげる彼を見ていると、かえって悪いことをしたような気持ちになってくる。だから、夏希はあっけらかんとした態度を装った。

「平岸くんが気にすることじゃないわ」

「はい……では、エクスタシーXを飲んで身体にどのような変化が起こったのか、順を追って教えてください」

圭介はノートパソコンを操作しながら質問してくる。あらかじめ質問事項をまとめてあるようだった。

「しばらくして全身が火照ってきたわ」

「その状態で身体を触られたわけですね？」

「ええ、そうよ」

「具体的にはどこを触られたのでしょうか？」

「胸よ……」

ヘンに意識しないように、テンポよく答えていく。しかし、昨日の今日なので、どうしても屈辱感がよみがえってしまう。

「服の上からですか？」

「いえ、下着の上から」

「なるほど、ブラジャーの上から触られたわけですね」

圭介は機械的に質問しては、夏希の返答をパソコンに打ちこんでいく。気遣っているらしく、懸命に無表情を作っているようだった。

「普通に触れられるのとは異なる感覚だったのでしょうか？」

「ええ……」

「どう異なったのでしょう？」

「すごく……敏感になってたわ」

冷静に答えていくはずだったが、屈辱と羞恥で顔が熱くなってくる。敵に捕らわれて身体を嬲られ、しかも薬の影響とはいえ感じてしまったのは事実だった。

「他にもどこか悪戯《いたずら》されましたか？」

「か、下腹部も……下着の上から」

耳まで赤くなっているのが鏡を見ないでもわかる。思いだすだけで、全身が火照るような気がした。

(あのとき……わたし……)

パンティ越しにクリトリスをいじられて、危うく昇り詰めそうになった。

夏希は哲朗が失踪してから男に抱かれていない。三十路《みそじ》を迎えた女盛りの身体には、拷問のような刺激だった。

「下腹部、つまり股間ですね。下着の上から触れられたのは女性器ですか？」

「え、ええ……」

ただ触れられただけではない。ねちねちと愛撫されて、凄まじい快楽を送りこまれた。いっそのこと愉悦に溺れたい衝動に駆られたほどだった。

「やっぱり、普通より感じたんですか？」

あまりにも露骨な質問に、思わず眉をひそめて見つめ返す。すると、圭介はまたしても「すみません」と頭をさげた。

「エクスタシーXの効果を報告書に記載したくて……」

「わ、わかってる……効果は、あったわ」

やけに喉が渇き、声が掠れてしまう。屈辱の体験を思い返し、それを言葉にして伝えるのは、二度嬲られているような気分だった。

そのとき、内ポケットの携帯がメールの着信音を響かせた。

「ちょっと失礼」

取りだして確認すると、真理香からのメールだった。

午前中にメールを送ってくるのは珍しい。不思議に思いながらメールを開いた途端、思わず双眸《そうぼう》を見開いた。その内容に全身が硬直する。

『妹を助けたかったら第七研究棟にひとりで来い。誰にも言うな。おかしなまねをすると、妹が死ぬよりつらい目に遭うぞ』

脅し以外の何物でもない。送り主は真理香ではなく黒瀬だろう。さらにメールには写真が添付されていた。

(なっ……なんなの、これ？)

真理香が産婦人科の診察台に拘束されている。不安そうな顔は、デパートで迷子になったときの表情にそっくりだった。

バックに写っているコンクリートの壁から察するに、おそらく撮影場所は第七研究棟の地下室だ。真理香を拉致して携帯電話を奪い、写真を撮影してメールを送ってきたのだろう。

（真理香を人質に取るなんて……卑怯な！）

こめかみの血管が切れそうな憤怒が湧きあがる。

昨夜の仕返しをするつもりに違いない。あの異常性欲者のような男に、可愛い妹が囚われている。今頃どんな仕打ちを受けているかわからなかった。

（でも、どうして真理香が……）

内心激昂《げっこう》しながらも、頭の片隅の冷静な部分で状況を分析する。

昨夜捕まったとき、夏希は頑《がん》として身分を明かさなかった。もちろん、警察関係者とわかる物も携行していない。それなのに妹を人質に取られたということは、こちらの情報を掴まれているということだ。

単なる刑事だと思っているのか、それとも零係の実態まで把握しているのか、現時点ではまったくわからなかった。

いったいどんな情報網を持っているのだろう。ＮＦ製薬研究所は思った以上に厄介な相手かもしれない。とにかく、妹を救い出さなければ危険だった。

昨夜、夏希がされたように、薬を盛られているとしたら……。

そう考えると、居ても立ってもいられなくなる。黒瀬は自分の部下でも平気で殺すような男だ。最悪の事態も想定に入れなければならない切迫した状況だった。

「桐沢さん顔色が悪いですよ。どうかしましたか？」

よほど様子がおかしく見えたのかもしれない。圭介が顔を覗きこんで、心配そうに声をかけてきた。

「なんでもないわ……」

「メールですか？」

「あ、うん……。わたし、ちょっとNF製薬の張り込みをしてみるわ。なにかあったら電話して」

逡巡したが、圭介には伝えなかった。

捜査官としては誤った判断だ。しかし、真理香のことを考えると冷静ではいられない。これは夏希をおびきだすための罠《わな》だろう。わかりきっているが、犯人の要求に逆らえなかった。

不思議そうな顔をしている圭介を残して署を飛びだした。通りでタクシーを拾い、魔物が待ち受けるNF製薬研究所へと急いだ。

2

NF研究所の入口で夏希が守衛に名前を告げると、白衣姿の男が二人迎えにきた。プロレスラーのように屈強な体軀《たいく》は、明らかに研究者ではない。無理やり白衣を羽織っているのが異様だった。

二人とも右手をポケットに入れている。不自然な膨らみ具合から、おおよその見当はつく。トカレフを握り締めて、トリガーに指をかけているのだろう。昨夜のことがあるので、人質を取っても警戒しているようだった。

「どこにいるの？」

男たちをにらみつけると、目顔でついてこいと告げられた。

二人に挟まれるようにして歩きだす。やはり第七研究棟に向かっている。正面から入り、パーティションの間を抜けて奥にある階段をおりていく。

夏希は一瞬たりとも気を抜かずに薄暗い廊下を歩いた。

男たちは銃を握り締めた右手をポケットから出している。単なる脅しではなく、すぐにでもトリガーを引きそうな気配が漂っていた。

敵は警戒するあまり硬くなっている。この状況なら確実に一瞬で倒せるが、発砲を防ぐのは難しい。銃声に気づかれて妹に危険が及ぶのでは本末転倒だ。とにかく、真理香の無事を確認するまでは手出しできなかった。

昨夜の部屋ではなく、ひとつ手前の部屋に連れこまれた。

「ずいぶん早いな。俺に会いたくて急いで来たのか？」

いきなり耳障りな声が聞こえてくる。

なぜか地下室の中央にはパイプベッドが置かれており、その向こう側に白衣姿の黒瀬が立っていた。ベッドの周囲には黒ずくめの男が五人いる。これで計七人だ。全員がトカレフを構えている。しかし、真理香の姿はどこにもなかった。

「妹に会わせて」

黒瀬の目をまっすぐに見据えて、怒りの滲んだ言葉を絞りだす。殴りかかりたい衝動がこみあげるが、妹の無事を確認するまでは動けなかった。

「本当は俺の愛撫が忘れられないんだろう？　昨日はずいぶん感じてたからな」

くだらない冗談に付き合っている暇はない。はらわたが煮えくり返っていた。

「約束どおり、ひとりで来たわ。妹に会わせなさい！」

思わず声を荒らげると、銃を構えた七人の男たちが色めきたつ。誰もが無言だが、七つの銃口は夏希の頭と左胸にしっかりと向けられていた。

「客人を簡単に殺すなよ」

黒瀬が右手を軽く挙げて男たちを制する。そして、いやらしい笑みを浮かべながら語りかけてきた。

「そう慌てるな。まずはおまえの自由を奪ってからだ」

「真理香は……妹は無事なんでしょうね」

もしなにかあった場合は、いや、無傷であっても真理香を危険に晒した報《むく》いは受けてもらう。激しく抵抗する犯人をやむなく射殺という事態は、零係の捜査において珍しいことではなかった。

「もちろん無傷だ。今のところはな。ただおまえが素直に言うことをきかないと、どうなるかわからないがな」

含みのある言い方をすると、狡賢《ずるがしこ》そうな目を向けてくる。夏希が手出しできないことを確信しているようだった。

「ベッドにあがってもらおうか」

「言うとおりにすれば、妹に会えるのね」

「約束しよう。せっかく来てもらったんだ。最大の演出をさせてもらうよ」

黒瀬がニヤつきながら、早くしろとばかりに顎をしゃくってくる。

ベッドを見やると、四つの支柱にはそれぞれ鎖が巻かれており、革製のベルトが取りつけられていた。明らかに人間の四肢を拘束するための準備だった。

（この男、本当に最低だわ）

また卑猥なことを企《たくら》んでいるのだろう。だが、真理香を助けるためには従うしかなかった。

屈辱を嚙み締めてベッドにあがり、素直に仰向けになる。

すかさず銃を握り締めた男たちがベッドを取り囲む。そのうちのひとりが歩み寄ってくる。そして、淡々と夏希の手首に革製のベルトを装着していく。

「きつく縛っておけよ。なにしろ危険な女だからな」

黒瀬はベッドから離れた位置、ドアに近い場所に移動して男たちに指示を出している。なにかあったとき、自分だけ逃れようという魂胆だ。これまで数多くの犯罪者を見てきたが、もっとも下等な部類に属する男だった。

「これで満足かしら？」

左右の手首と足首に、それぞれ革のベルトが巻きつけられた。

両腕をばんざいするように斜め上方にあげて、両脚はタイトスカートがピンッと張り詰めるほど開かれている。鎖の長さに余裕がなく、四肢を引き伸ばされたような状態だ。

試しに少しだけ力を入れてみるが、革ベルトが皮膚に食いこむだけでまったく身動きできない。思った以上にがっちり固定されており、この状態から自力で逃げだすことは不可能に近かった。

「言うとおりにしたわ。妹はどこにいるの？」

夏希は動揺することなく、男たちを無視して黒瀬をにらみつけた。

「ククク、相変わらず気が強いな」

手足を拘束したことで安心したらしい。黒瀬はようやくベッドの脇に近づいてくると、勝ち誇ったような目で見おろしてきた。

「すぐに会わせてやる。おい、準備をしろ」

偉そうに命じると、部屋の隅からキャスター付きのワゴンが運ばれてくる。そして男たちは壁際にさがり、警戒態勢をとった。

「どういうつもり？」

ベッドの隣に置かれたワゴンにはモニターが乗っている。画面にはなにも映っていないが、すでに嫌な予感がこみあげていた。

「約束どおり、妹に会わせてやる」

モニターのスイッチが入れられて、画面がぼんやりと明るくなってくる。映像がはっきりしてくると、夏希の目つきは険しくなった。

「なっ……これはどういうこと！」

モニターには驚愕の光景が映しだされていた。

下着姿の真理香がパイプベッドの上で横座りしている。両腕を背後にまわしているのは拘束されているためだろうか。黒い服の男がナイフを突きつけている。真理香は憔悴《しょうすい》しきった表情で、がっくりと肩を落としていた。

「話が違うじゃない。妹には手を出さない約束でしょ！」

憤怒にまかせて怒鳴りつける。しかし、黒瀬は余裕の薄笑いを浮かべながら見おろしてきた。

「服を脱いでもらっただけだ。ちょっとした演出だよ」

「ふざけないで！」

怒声が地下室に反響する。

真理香のことになると冷静ではいられない。両親を失ってから、妹を守るのに必死だった。夏希にとって真理香はかけがえのない存在だ。たったひとりの血の繋がった家族なのだから……。

「妹を助けたかったら、俺を満足させるんだ」

「どこまで卑怯な男なの、恥を知りなさい！」

「おい、口には気をつけたほうがいいぞ。妹がどうなるかは、おまえの態度しだいで決まるんだからな」

「くっ……」

夏希はなにも言えなくなり、下唇を強く噛み締めた。

「ほお、物わかりがいいじゃないか。そうやって大人しくしてれば、妹がレイプで処女を奪われることもないぞ」

黒瀬の言葉にハッとする。真理香がヴァージンだということを、どうしてこの男が知っているのか。

「本人に聞いたんだよ。ナイフを突きつけてな」

内心を見透かしたように黒瀬がつぶやく。確かにナイフを突きつけられたら、か弱い真理香なら話してしまうかもしれない。

「妹の処女を守りたいなら言うとおりにするんだな」

黒瀬はワゴンの下段から布を裁断するための大きなハサミを取りだすと、これ見よがしにジャキジャキと開閉させた。

「おまえが身代わりになるなら、真理香は助けてやってもいい」

卑劣な脅し文句を囁きながら、紺色のスーツをザクザクに切り裂いて身体から引き剝《は》がす。タイトスカートにもハサミを入れて、腰からあっさり奪い取った。

「こんなことして、なにが楽しいの？」

思わず男の顔をにらみつけて吐き捨てた。

恥じらいよりも怒りで顔が真っ赤に染まっている。白いブラウスの裾がかろうじて股間を隠しているが、ストッキングに包まれた太腿は剥きだしだった。

「楽しいさ。俺は気の強い女を嬲るのが大好きなんだ。気持ちをへし折ってヒイヒイ泣きだす瞬間は、何度見ても飽きないね」

黒瀬の顔に、この世の悪を凝縮したような凄まじい笑みが浮かんだ。

「もっとも女刑事は初めてだけどな。女記者ではなく、特殊捜査官の桐沢夏希さん」

下卑た笑い声が、牢獄のような地下室に響き渡る。

やはり、夏希の素性を完全に把握しているらしい。NF製薬研究所の情報網なのか、それともバックの指定暴力団H組が調べたことなのか。いずれにせよ刑事だとわかって呼びだしたのだから、黒瀬も覚悟を決めているのだろう。

(ただでは帰さないってわけね)

夏希はすでに腹を括《くく》っている。自分を捕らえることが目的だとわかっていながら、それでも妹を助けるためにやってきたのだ。

「わたしはどうなってもいい。でも、妹は関係ないはずよ」

「この状況でいい度胸だな。だからこそ、嬲り甲斐があるってもんだ」

黒瀬がハサミでブラウスのボタンをひとつずつ弾き飛ばし、前を大きくはだけさせる。花をあしらった純白のブラジャーが露わになり、胸の谷間に粘りつくような視線が這いまわった。

「ずいぶん色っぽい格好になってきたな」

さらにストッキングも切り裂かれて、あっという間に剝ぎ取られた。

純白パンティが露わになり、反射的に太腿を閉じようとする。しかし、足首を固定されているのでどうにもならない。羞恥と屈辱がこみあげて、頭上に掲げている両手を強く握り締めた。

「さてと、今日もこいつの出番だな」

黒瀬がポケットから茶色い小瓶を取りだして蓋《ふた》を開ける。そして、夏希の口もとに近づけてきた。

「エクスタシーXだ。効き目はもうわかってるな」

顔を背けると、すぐさま顎をグイッと摑まれる。正面を向かされて、唇に無理やり瓶を押しつけられた。

「うぐっ……」

「おまえが飲まないなら、妹に飲ませてやってもいいんだぞ」

それを言われると逆らえない。横目でモニターを見やると、真理香はナイフを突きつけられて震えていた。

(真理香……絶対に助けるからね)

心のなかで妹に呼びかけると、媚薬だとわかっていながら、口内に流しこまれる苦い液体を飲みくだしていった。

「いい飲みっぷりだ。本当は気に入ってるんだろう？」

「そんなはず……」

強がってみせるが、さっそく胃のなかが熱くなっている。この熱がやがて全身に伝《でん》播《ぱ》するのだ。

（絶対に負けない……）

媚薬の効力は充分過ぎるほどわかっている。精神力だけが頼みの綱だ。薬が全身にまわる前に気持ちを引き締めた。

「昨日は見そびれたからな。さっそく拝ませてもらうか」

黒瀬は楽しそうに言いながら、ハサミをブラジャーの中央に潜りこませてくる。そして、わざとじわじわ刃を入れてきた。

「ほうれ、もうすぐ切れるぞぉ」

屈辱感を煽《あお》られ、視線を逸らした瞬間だった。布地が切断されてカップが左右に弾け飛び、乳房が勢いよくプルルンッと飛びだした。

「くっ……」

大きな双つの乳肉が剝きだしになり、濃いピンクの乳首も男の視線に晒される。

厳しい訓練を積んだ捜査官でも、身体を見られる羞恥には慣れていない。それでも懸命に無反応を装い、赤く染まった顔を正面に向けていた。

「でかくて美味そうじゃないか。刑事にしておくのがもったいないくらいだ。さあて、次は下のほうも見せてもらうか」

パンティの左右にもハサミを入れられて、あっさり引き剝がされてしまう。

「ああっ……」

恥丘に茂る漆黒《しっこく》の陰毛が露わになり、思わず両目をギュッと閉じた。

「ほう、下の毛はずいぶん濃いんだな」

さらに股間を覗きこまれて、女の中心部をじっくりと観察してくる。

「アーモンドピンクか。形も崩れてないし、なかなか美味そうなオマ×コだ」

黒瀬の揶揄《やゆ》する声が屈辱をさらに増幅させる。一糸纏《まと》わぬ身体を視姦されるのは、想像していた以上につらいことだった。

(でも、真理香を守るためよ……)

心のなかで自分自身に言い聞かせる。妹のためなら、どんなことをされても耐えるつもりだった。

「それにしても、見事な身体だな。これまで何人の男をたらしこんできたんだ?」

蔑みの言葉を無視して、下唇をグッと嚙む。こういう輩《やから》は、女が反応するほど悦ぶものだ。いちいち反論して楽しませることはない。しかし、黒瀬はさほど気にする様子もなく、執拗に裸体を眺めまわしてきた。

「急に大人しくなったな。素っ裸にされて怖《お》じ気づいたか？」

どうやら、なにかを企んでいるらしい。ワゴンの下段から、透明な液体の入った瓶を取りだした。

「せっかくこうしてまた会えたんだ。たっぷり楽しもうじゃないか」

軽薄そうな口調が腹立たしい。黒瀬はわざと見せつけるようにキャップを取ると、乳房の真上で傾けた。

「うっ……」

思わず小さな声が漏れてしまう。

透明な液体がツーッと垂れて乳首を直撃した。ひんやりする感触とともに、くすぐったさがひろがった。とろみのある液体は瞬く間に乳首と乳輪を濡らし、乳房全体をトロトロと包みこんでいく。

「な……なに？」

「心配することはない。これはただのマッサージ用オイルだ」

黒瀬はニヤけながら説明すると、もう片方の乳房にもオイルを垂らしてくる。

「はンンっ……」

先ほどよりも大きな声が溢れだす。

乳首を刺激されるとわかっていたのに、我慢できなかった。皮膚感覚が鋭敏になっている。微熱が出たように全身が火照りはじめていた。どうやらエクスタシーXが効いてきたらしい。ここからが本当の戦いだった。

「俺はこう見えても手先が器用でね。オイルマッサージをしてやろうじゃないか」

黒瀬は禿げあがった頭を光らせると、手のひらを乳房にあてがってきた。

「くっ……ンンっ」

オイルを浴びた柔肌がヌルリと滑り、軽く触れられただけで強烈な刺激がひろがった。反射的に全身の筋肉を硬直させるが、そんなことをしても乳房をガードできるわけではない。谷間から首筋にかけても、じわじわと愛撫されてしまう。

「こ、こんなこと……いくらやっても無駄よ」

「強がるのは勝手だが、身体は悦んでるみたいだぞ。ほおれ、こうすると気持ちいいだろう？」

大きな手のひらが、オイルを塗り伸ばすようにヌルヌルと双乳を撫でまわす。力を入れることなく、表面をゆっくりと滑っていく。乳首もやさしく転がされて、あっという間にぷっくりと膨らんだ。

「乳首が勃起してきたぞ。感じてるんだな」

「そんなはず……はうンっ」

夏希の怒りを滲ませた声は、しかし乳首を甘く摩擦されたことで卑猥な喘ぎ声に変わってしまう。媚薬で全身の神経が昂ぶっており、なにをされても痺れるような感覚に襲われる。とても精神力で拒絶できるようなレベルではなかった。

腹部にもオイルをかけられて、手のひらでヌルーッと塗り伸ばされる。脇腹まで撫でまわされると、くすぐったさと紙一重の感覚が湧きあがった。

「あっ……や、やめ……ンンっ」

顔を真っ赤にして身をよじるが、拘束されているので逃げられない。すると、黒瀬は面白がって愛撫を加速させる。オイルを追加しながら、腋の下や二の腕、指先にも手のひらを這わされていく。

「くっ……ううっ」

口を開くと卑猥な声が漏れてしまいそうだ。眉を八の字に歪めて、懸命に下唇を噛み締める。なんとか妖しい刺激をやり過ごそうとするが、媚薬が本格的に効きはじめたのか感度は高まる一方だった。

「こっちも可愛がってやらないと可哀相だな」

黒瀬はこれ見よがしに瓶を傾けて、恥丘から太腿にかけてオイルをツツーッと垂らしていく。とろみのある液体が皮膚で跳ねるだけで、身をよじりたくなるような刺激がひろがった。

「ンンっ……」

オイルを浴びた陰毛が、まるでワカメのように恥丘にべったりと張りついた。

「たまらなくなってきたか？　でも、まだまだこれからだぞ」

黒瀬はエクスタシーXの効果を知り尽くしている。夏希の身体に起こっている変化を見抜いているのだろう。いやらしい笑みを浮かべながら手を伸ばし、恥丘をヌルリと包みこんできた。

「あぅっ……」

それだけで腰がピクッと震えてしまう。さらに敏感になっており、軽く触れられただけで下腹部に甘い痺れがひろがった。

（こ、これ以上されたら……）

火照った身体をオイルでマッサージされる感覚は強烈だ。恥丘をゆっくりと撫でまわされて、全身の皮膚にゾワゾワと鳥肌がひろがった。

股間が無防備な状態に開かれているのが心細い。無駄だとわかっていても、太腿に力が入ってしまう。足首を固定している革ベルトがギシッと鳴り、拘束されていることをあらためて実感させられた。

「気持ちよかったら、声を出していいんだぞ」

恥丘の膨らみに沿って、男の手のひらが動いている。さらには太腿から膝、足の指にまでオイルをじっとりと塗りたくられた。

「ううっ……」

裸電球の弱々しい光を浴びて、オイルにまみれた裸身がヌラヌラと妖しげな光沢を放っている。微かに身じろぎすると、大きな乳房がプルッと揺れた。羞恥で目もとを染めながらも、怒りを滲ませた瞳で男の顔をにらみつけていく。

「恐い顔をしても、感じてる事実は変わらんぞ。まあ、せいぜいがんばってくれ。簡単に堕《お》ちたら面白くないからな」

黒瀬の顔に底意地の悪そうな笑みが浮かぶ。焦ることなくじっくりと全身を撫でまわしては、反応を楽しむように夏希の顔を見おろしてくる。

(うぅっ……こんな男に……)

屈辱的だがどうすることもできない。三十歳の熟れた身体は、媚薬の影響で確実に蕩《とろ》けはじめていた。

「ン……ンぅっ」

漏れそうになる声を懸命にこらえている。

三年前、恋人の哲朗が失踪してから、男とは無縁の生活を送ってきた。いつか彼が戻ってくるのを待ちつづけている。しかし、その一方で成熟期を迎えた女体を持てあましてもいた。

快楽に負けそうになっている自分に気づき、夏希は首を小さく振ると懸命に気持ちを引き締めた。

しかし、恥丘を手のひらでねちねち撫でまわされると、なぜかもどかしい気持ちになってしまう。中途半端な刺激をつづけられて焦燥感が募り、無意識のうちに腰が右に左に揺らめいていた。

「腰が動いてるぞ。欲しくなったのか？」

オイルまみれの指が、股間にゆっくりとさがってくる。嫌で仕方がないのに、腰は歓迎するように浮きあがってしまう。

「そ、そこは……はンンっ！」

たまらず引きつった声が溢れだした。

縦溝に沿って滑ってきた男の指が、ついにクリトリスをニュルッと刺激する。オイルを塗りたくるように丸く刺激されて、たまらず腰に痙攣が走り抜けた。

「ひッ……くううッ」

「おおっ、すごい反応だな。クリがいいのか？　コリコリに勃起してきたぞ」

黒瀬は硬くなったクリトリスを集中的に責めながら、もう一方の手で膣口をいじりまわしてくる。そして、指先を蜜壺にクチュッと埋めこんできた。

「ああッ！」

「なかはグショグショじゃないか。蜜がどんどん溢れてくるぞ。すごい量だな」

「い、いい加減に……あああッ」

クリトリスをいじられながら、太い指を女壷にずっぽりと埋めこまれる。凄まじい刺激がひろがり、こらえきれない喘ぎが溢れてしまう。どす黒い快感を送りこまれて、頭のなかが真っ白になっていく。

「あッ……あッ……」

勃起した肉芽を転がされるたび、快感電流が走り抜ける。蜜壷が勝手に収縮し、根元まで挿入された指を締めつけていた。

「こいつはすごいな。女刑事はとんだ名器の持ち主かもしれんぞ」

黒瀬は鼻の穴を大きくしながら言うと、クリトリスをキュウッと摘んで、膣に埋めこんだ指を鉤《かぎ》状に折り曲げた。

「ひッ、そ、そこ……ひいッ、ひああッ……」

膣の上部をしたたかに擦られて、腰がビクビクッと跳ねあがる。鮮烈な快感があっという間に全身へとひろがった。

その瞬間、夏希の股間から透明な汁がプシャアアアッと噴きだした。

「あああッ、ダメっ、ひくうううッ！」

懸命に声を押し殺すが、肉体の反応までは抑えきれない。

目も眩《くら》むような凄まじい刺激に、拘束された身体を突っ張らせる。下腹部を激しく波打たせて、オイルまみれの裸体を暴れ馬のように弾ませた。

「クハハハハッ、女刑事の潮吹きだ。そんなによかったのか？　何回でもイカせてやる、つづけてイッてみろ！」

黒瀬が悪魔のような笑い声を響かせながら、鉤状に曲げた指をピストンさせる。膣の上部をしつこく擦られて、再び意に反する愉悦が膨れあがった。

「ああッ、やめ……ひああッ！」

ヌメ光る裸体が艶《なま》めかしくバウンドする。再び透明な汁がシャッ、シャッと噴きだし、またしても凄まじい快感に襲われた。

「はうううッ！」

血が滲むほど下唇を噛み締める。しかし、快楽に呑みこまれた肉体は、オイルが染みこんだシーツの上でのた打ちまわった。

「指だけで二回もイクとは、よっぽど欲求不満らしいな」

黒瀬の嬉しそうな声が降り注いでくる。

夏希は絶頂の余韻に四肢を震わせながらも、怒りの炎が揺らめく瞳で男の顔をにらみつけた。

(絶対に負けない……この男にだけは)

妹を人質に取られた挙げ句、オイルマッサージで強制的にアクメを味わわされてしまった。女としてこれほどの屈辱はない。それでも、捜査官としての矜持《きょうじ》は少しも揺らぐことはなかった。

3

「これで満足したでしょ……」

全身に甘い痺れが残っているが、のんびりしている暇はない。一刻も早く妹を救助したかった。

「妹に会わせなさい！」

気力を振り絞って首を起こし、アクメの余韻を振り払うように言い放つ。すると黒瀬は一瞬驚いたような顔をしてから、にんまりと卑猥な笑みを浮かべた。

「相変わらず威勢がいいな。こいつは思った以上に楽しませてもらえそうだ」

呑気なセリフに苛立ちが募る。夏希は我慢できずに拘束された身体を思いきり悶えさせた。剝きだしの乳房が揺れるが、怒りのほうがはるかに大きかった。

「くっ……妹はどこにいるのよ」

革のベルトが手足に食いこむ。鎖がジャラッと鳴るだけで、もちろん動くことはできなかった。

「真理香なら隣の部屋にいる。心配しなくても防音がしっかりしてるから、おまえのイクときの声は聞こえてないぞ」

「ふざけないで！」

悔しさに奥歯をギリギリと食い縛り、隣に置かれたモニターに視線を向ける。

画面の向こうで、真理香が怯えたようにうなだれていた。ナイフをちらつかされて怖い思いをしているのだろう、すくめた肩が小刻みに震えているのが不憫《ふびん》でならなかった。

「言われたとおりにしたんだから、妹には手を出さない約束よ」

「ああ、わかってる。おまえが最後まで俺の言うとおりにしたらな」

「……どういう意味よ？」

全裸でベッドに拘束されたまま身動きが取れない。オイルにまみれた裸体に、男の粘りつくような視線が這いまわっていた。

「まだお楽しみの時間は終わってないってことだ」

黒瀬が小狡そうに片頬を吊りあげる。そして、白衣のポケットから軟膏《なんこう》の白いチューブを取りだした。

「これはエクスタシーXと並ぶ人気商品〝クレイジーハイ〟だ。塗るタイプの媚薬だよ。もっともこれも表では流通していないものだがな」

違法ドラッグを自慢げに見せつけてくるあたり、夏希を完全に見下している。もしかしたら刑事だということを忘れているのかもしれない。

「その薬でボロ儲けしてるってわけね」

夏希は眉根を寄せて、男の顔と軟膏のチューブを交互に見やった。

クレイジーハイのチューブには、ラベルの類がいっさい貼られておらず、いかにもといった胡散《うさん》臭さが漂っていた。

「薬を捌《さば》くだけじゃや、まだまだだ。こいつで女を仕込んで、初めてでかい商売に結びつくんだ」

黒瀬はやけに饒舌《じょうぜつ》になっている。おそらくショーのことを言っているのだろう。薬漬けにした女を出演させて、荒稼ぎしていることを暗に認めていた。

「クレイジーハイは粘膜吸収されるから即効性がある。効果もエクスタシーXよりずっと強い。若干常習性があるが、中毒になるほどじゃない」

「そんな薬で女を食い物にして……男として、いえ、人間として最低だわ」

女を金儲けの道具としか思っていない卑劣極まりない犯罪者だ。絶対に許してはならない。天誅《てんちゅう》を下さなければ気がすまなかった。

「口の減らない女刑事だな。まあ、おかげで退屈しないがな。その最低の男に、おまえは狂わされることになるんだぞ」

黒瀬は半透明の軟膏を右手の人差し指にたっぷり取ると、ニヤニヤしながら見せつけてくる。そして、わざとゆっくり乳首に近づけてきた。

「ちょっと、やめなさい！」

「すぐに効くぞ。なにしろ即効性がウリの媚薬だ」

「ひぅッ……」

思わず裏返った声を漏らしてしまう。

散々オイルマッサージされて勃起したままの乳首に、妖しげな軟膏を塗りつけられたのだ。左右の乳首を指先でヌルヌルと転がされて、スーッとする感触がひろがっていく。

「ンンっ……こ、こんな薬、塗られても……」

「クレイジーハイを使って正気を保てた女はひとりもいない。処女でもチ×ポを突っこんでくれと泣いて懇願するようになる」

「き、効かない、全然……くううっ」

即効性と豪語するだけあって、乳房の先端が瞬く間に熱くなる。ただでさえ尖り勃《た》っているのがさらに硬くなり、脈拍に合わせてジンジンと痺れるような刺激がひろがった。

「いつまでやせ我慢できるか、じっくり観察させてもらうぞ。さあ、もっといいところに塗ってやる」

黒瀬は軽い調子で言いながら、今度は軟膏をクリトリスに塗りたくってくる。思わず腰がビクッと跳ねあがり、こらえきれない喘ぎ声が溢れだした。

「ああっ……いやっ……」

「いい声が出るじゃないか。もう感じてきたのか？」

「か、感じてなど……ンンっ」

強気な言葉を返そうとするが、身体は確実に反応している。

敏感な女芯が異常なほど熱を持ち、さらに感度を増していた。花びらにもたっぷりと塗布されて、股間全体が燃えあがったような状態だ。意志とは裏腹に、甘美な痺れが刻一刻と膨らんでいた。

「くっ……ンぅぅっ」

気を抜くと淫らな嬌声が漏れてしまいそうだ。全身の毛穴から汗が噴きだし、皮膚をヌメらせているオイルと混ざり合う。息苦しいほどの高まり方は、エクスタシーXの比ではなかった。

「こ、こんな……か、身体が……」

「どうだ、すごいだろう。どんなに貞淑なお嬢様でも娼婦に変える魔法の薬だ」

黒瀬が両手で乳房をゆっくりと揉みあげてくる。柔肉をほぐすような、ねっとりとした手つきだ。それだけで軟膏を塗られた乳首が切なくなり、刺激を求めるようにヒクヒクと震えはじめた。

「はううっ、さ、触るな……ンンっ」

「乳首をこんなにおっ勃てながら言っても説得力ないぞ。本当は身体が疼《うず》いてたまらないんだろう？」

オイルにまみれた乳房を嬲られ、乳首の感度がどんどんあがる。乳輪まで火山のように盛りあがり、乳頭は血を噴きそうなほど充血していた。

「こ、こんな薬なんかで……あむむっ」

鍛え抜いた強靱《きょうじん》な精神力をもってしても、媚薬の効果を抑えることは不可能だ。クリトリスと陰唇もむずむずしており、割れ目の奥から欲情の蜜がトロリトロリと染みだしてくるのがわかった。

「そろそろ挿《い》れてほしくなったんじゃないのか？」

乳房を揉みしだきながら、黒瀬がギラつく目で見おろしてくる。女体が燃えあがっていく様子を、冷静に分析しているようだった。

「オマ×コが濡れ濡れになってきただろう。ぶっといのが恋しくなってきた頃だな」

「な……なにを……そ、そんなことが……」

懸命に強がるが、どうしても声が震えてしまう。乳房をこってりと揉まれて、指先が乳輪に近づいてくると、妖しい期待感が膨らんで呼吸が荒くなる。心では拒絶しても、肉体はもっと強い刺激を望んでいた。

「挿れてくださいと言ってみろ」

「だ、誰が……言うはず……」

眉間《みけん》に苦悶の縦皺《たてじわ》を刻みこみ、抗《あらが》いの言葉を絞りだす。しかし、ベッドに拘束された身体は、発情の汗とオイルでドロドロになっていた。

「言えないなら、妹にこの薬を使ってもいいんだぞ」

「なっ……や、約束が違う」

怒りをこめた瞳でにらみつけるが、黒瀬は薄笑いを浮かべながら胸を揉みつづけている。そして、乳輪に触れそうで触れないギリギリのところで、指先をゆっくりと旋回させた。

「くううっ……」

「触ってほしいか？　乳首がまた尖ってきたぞ」

「そ、そんなはず——あああッ！」

いきなり双つの乳首をキュウッと摘まれて、神経に直接触れられたような刺激が突き抜ける。凄まじい快感がひろがり、股間の疼きも強くなった。

「あッ、やめ……ああッ」

「乳首だけでイキそうだろう。イッてもいいんだぞ」

「ああァッ、さ、触るなっ」

勃起した乳首をやさしく転がされると、甘美な電流が沸き起こる。無反応を装うことなどできるはずもなく、たまらず拘束された身体をよじらせた。

「クレイジーハイはどんな女でも発情させる薬だからな。気の弱い女だと、一発で娼婦に堕ちることもある。真理香がどんな反応をするか楽しみだ」

「どこまで卑劣な……あンンっ」

血が滲むような屈辱と、叫びたくなるような快感にまみれながら、男の顔を真っ直ぐに見据える。身体が自由だったら、得意の柔術で絞め殺していたかもしれない。それほどまでの激憤が全身を駆け巡っていた。

「チ×ポを突っこんでくださいと言ってみろ」

黒瀬は服を脱ぎ捨てて肥満体を晒していく。醜《みにく》く弛んだ腹の下で、黒々としたペニスが青筋を浮かべてそそり勃っている。夏希がこれまで見たことのないような、人間離れした極太の男根だった。

「どうだ、でかいだろう。おまえが喉から手が出るほど、ほしがってるものだぞ」

「そ……そんなもの……」

おぞましい肉塊を視界から消したくて顔を背けた。

足首を固定している鎖が少しだけ緩められる。しかし、昨夜の三角締めを警戒しているのか、完全には外そうとしなかった。

黒瀬はベッドにあがると、夏希の脚の間に膝をついて正常位の体勢になる。そして勃起したペニスの裏側を、淫裂にぴっとりとあてがってきた。

「はううッ！」

軽く触れられた瞬間、反射的に腰を浮かせてしまう。潤んだ膣口から蜜がトクッと溢れて、シーツにトロトロと滴り落ちた。

「ほら、言うことがあるだろうが」

「くぅっ……」

夏希は火照った身体を持て余しながらも、唇を真一文字に引き結んだ。捜査官としての、そして女としての意地とプライドが、下劣な男に屈することを拒んでいた。

「言えないみたいだな。じゃあ、真理香にクレイジーハイを使ってみるか」

黒瀬が脅し文句をつぶやき、ベッドから降りようとする。

この強力な媚薬を使われたら、きっと真理香はひとたまりもないだろう。精神までドラッグに犯されて、瞬く間に溺れてしまうのではないか。そんな妹の姿を想像するだけで、寒気をともなう恐怖がひろがった。

「待って……」

「なんだ？　やっぱり突っこんでほしいのか」

人質を取って脅しておきながら、わざと貶《おとし》めるような言葉をかけてくる。そして、再びペニスの先端で、淫裂をねちねちと擦りあげてきた。

「くううっ……」

「セックスしたくてたまらないって、顔に書いてあるぞ」

ぷくっと膨らんだクリトリスを、亀頭でヌルリと刺激される。すると、嫌でたまらないのに、身体はまるで悦んでいるようにヒクついてしまう。

「ンンっ……い、言うから……妹には……」

最愛の妹を助けるためとはいえ、屈辱がこみあげるのはどうしようもない。革ベルトを巻かれた両手を握り締め、掠れた声でつぶやいた。

「い……挿れて……」

口にした途端、顔がカァッと熱くなる。恥辱にまみれて瞳を強く閉じるが、黒瀬はしつこく迫ってきた。

「チ×ポを突っこんでくださいだろ？」

「くっ……チ……チ×ポ……突っこんで、ください……」

恋人にさえも、自分から求める言葉は口にしたことがない。それなのに、凌辱魔に懇願することを強要された。まるで心を蹂躙《じゅうりん》されたような気持ちになり、敗北感が胸の奥にじんわりとひろがった。

「そこまで言われたら仕方ない。俺も鬼じゃないから、挿れてやらなくもないぞ」

「あうっ……」

ペニスの先端が、膣口にしっかりとあてがわれる。あとは軽く体重をかけられただけで、一気に貫かれてしまうだろう。

(耐えるしかない……真理香を助けるためよ)

覚悟を決めて自分自身に言い聞かせる。しかし、黒瀬は焦らすように腰を揺らすだけで、なかなか挿入してこなかった。

「すごい濡れ方だな。もっと濡らしてから挿れてやる」

「ンっ……あぅぅっ」

ドラッグで昂ぶった身体は、刺激に耐えかねて小刻みに震えはじめている。大量の蜜が溢れて、陰唇が意志とは無関係にウネウネと蠢《うごめ》いていた。

(犯すなら……ひと思いに……)

完全に遊ばれている。猫が捕らえた鼠《ねずみ》を嬲るように、時間をかけて弄ばれるのは耐えられない。どうせ犯されるなら、一気に挿入されたほうがましだった。

「オマ×コが物欲しそうに動いてるぞ。そんなにほしいのか？」

「そ、そんなはず……」

「おい、違うだろうが。いつまでも反抗的な態度を取るなら、妹にぶちこんでやってもいいんだぞ。もう一度、さっきの台詞を言ってみろ」

黒瀬は強い口調になると、乳房を両手で鷲掴みにしてくる。勃起したままの乳首が手のひらで押し潰されて、痺れるような悦楽の波がひろがった。

「くううっ……い、挿れて……チ、チ×ポ、突っこんでください」

教えこまれた言葉を口にする。そうやって何度も言わされているうちに、身体がさらに疼いてくるような気がした。

「まったく淫乱な女刑事だな。お望みどおり、たっぷり可愛がってやるか」

「ひぃッ……」

膣口にあてがわれた亀頭がググッと沈みこんでくる。反射的に腰をよじるが、逃げられるはずもなかった。

「そうら、どんどん入ってくぞぉ」

黒瀬が凄絶な笑みを浮かべて腰を押し進めてくる。バットのような巨大なペニスが、一気にズブズブと根元まで挿入された。

「あうあぁッ！」

濡れそぼっていた蜜壺は、いとも簡単に巨根を受け入れてしまう。根元まで叩きこまれた瞬間、華蜜がブチュッと溢れて裸体が大きく仰け反った。

「生意気な女刑事のオマ×コにぶっこんでやったぞ。フハハハハッ」

黒瀬の高笑いが響き渡る。昨日の復讐を果たすことができて、なおさら興奮しているのだ。

「ひ、卑劣な……こんなことして……くううッ」

「でも、おれのチ×ポは気に入ったんだろう？　ほら、さっそくオマ×コが食い締めてきたぞ」

黒瀬が下卑た声をかけてくる。妹を助けるためとはいえ、夏希は最低の男に犯されていた。

「刑事だろうが、所詮は女なんだよ。チ×ポを突っこまれたら喘ぐしかないんだ。ほれほれ、こうやって動かすとたまらないだろう？」

「ああッ……や、やめなさいっ」

極太ペニスを抜き差しされて、強烈な汚辱感が湧きあがる。おぞましくてならないが、ドラッグで性感を高められた肉体は瞬く間に蕩けてしまう。鋭角的に張りだしたカリで膣壁を擦られると、透明な汁が次から次へと溢れだした。

「ひッ、動かないで……」

これほど大きなペニスを受け入れるのは初めてだ。亀頭がどんどん深いところまで沈みこみ、全身の皮膚が汗にまみれてヌメ光った。

「こんなに奥まで擦られたことあるか？」

「あああッ！　いやっ、そこ……ああッ」

殺したいほど憎んでいる男のペニスを突きこまれて、女の声をあげている。嫌でならないのに、恋人に抱かれたときのように身体は反応してしまう。

絶望感がひろがるほどに、なぜかどす黒い快感が大きくなる。屈辱にまみれながらも膣襞を抉られるたび、抵抗力をゴリゴリと削られていくような気がした。

「う、動かないで……あッ……ああッ」

「さっきまでの威勢はどうした？　俺のチ×ポに惚《ほ》れちまったのか？」

黒瀬が調子に乗ってピストンスピードを速めていく。

「奥が好きなんだろ。普通のチ×ポじゃ届かないからな」

「やっ、そこ……あッ……あッ……」

亀頭の先端が子宮口に到達している。確かに哲朗のペニスでは、そんなところまで届かなかった。ドラッグの影響もあるのだろう。奥をズンズンと叩かれるたび、凄まじい快感が下腹部にひろがっていた。

「あああッ、こ、こんなこと……許さないから……」

口では強がりながらも、穢らわしい愉悦を拒絶できない。逞しすぎるペニスがもたらす肉の快楽に、熟れた女体が溺れかけていた。

「おおっ、締まってきた。女刑事のオマ×コが締まってきたぞぉっ」

「ウ、ウソっ、あッ、あッ、いい加減なこと言わないで」

「感じてるクセに格好つけるなよ。ドラッグをキメてセックスするのがたまらないんだろう？」

黒瀬が覆い被さり、過敏になった乳首にむしゃぶりついてくる。その状態で腰をガンガン打ちつけて、膣の奥を激しく抉りたててきた。

「あああッ、や、やめ……ひあああッ」

確かに凄まじい快楽に襲われている。エクスタシーXを飲まされて、さらにクレイジーハイも塗られているのだ。その上で極太ペニスを抜き差しされたら、どんなに意志の強い女でも狂わされるに決まっていた。

「ようし、そろそろ出してやる。ドラッグをキメた状態でイクのは最高だぞ」

「ダ、ダメっ、もうやめて、あああッ、いやあああっ！」

押し寄せてくる愉悦の波に抗おうとするが、ペニスを激しく抽送《ちゅうそう》されると快楽に流されてしまう。膣が勝手に収縮して、極太の肉棒をギリギリと締めつけていた。

「おおおッ、締まる締まるっ」

黒瀬が首筋に吸いつき、ラストスパートの抽送に突入する。汗とオイルにまみれた裸体にしがみつき、勢いよく膣の奥を抉りたててきた。

「あッ、あッ、いやっ、それ以上は……あああッ」

「くううッ、いくぞ……いくぞっ、ぬおおおおッ！」

股間をぴったりと密着させて、低い唸り声を響かせる。根元まで埋めこまれたペニスが激しく脈動し、マグマのようなザーメンが勢いよく噴きあがった。

「あああッ、抜きなさいっ、あッ、ああッ、いやっ、いやあああぁぁぁぁッ！」

夏希は拒絶しながらも、無意識のうちに膣を思いきり収縮させる。さらなる射精をうながすように、男根をギュウギュウと絞りあげていた。

「まだまだ出るぞっ、うおおおおおッ！」

射精は延々とつづき、恐ろしく大量のザーメンが注ぎこまれてくる。

「ああッ、い、いやっ、あくううぅぅぅぅッ！」

必死に下唇を噛み締めて喘ぎ声を抑えるが、快感を拒絶することはできない。全身が感電したように痙攣して、望まないオルガスムスへと昇り詰めていった。

4

「どうだ、気持ちよかったろう。ドラッグをキメてのセックスがクセになったんじゃないか？」

黒瀬はペニスを引き抜いてベッドから降りると、満足そうな笑みを浮かべながら見おろしてきた。

「なにを馬鹿なことを……」

すかさず憎々しげに吐き捨てる。

夏希は全裸でベッドに拘束されたまま、下劣な男の顔をキッとにらみつけた。レイプされても、まだ心が折れることはない。それどころか、ますます怒りの炎を燃えあがらせていた。

全身が汗とオイルにまみれてヌラヌラしている。閉じることのできない股間からは、中出しされた白濁液が逆流していた。

「相変わらず強情な女だ。だが、こいつを見ても強がっていられるかな？」

黒瀬がベッドサイドに置かれたモニターに手を伸ばす。リモコンを操作するとナイフを突きつけられた真理香の姿が消えて、まったく別の映像が流れだした。

「え……なに？」

思わず眉をひそめてモニターを凝視する。

事前に撮影された映像らしい。真理香が全裸でベッドに横たわり、やはり全裸の黒瀬がのしかかっていた。

『あああッ、挿れないで、あひいいいッ！』

スピーカーから絶叫が迸る。間違いなく真理香の声だった。

「ま、まさか、これ……」

顔から血の気が引いていくのがわかる。一番見たくなかった光景が、モニターに映しだされていた。

「真理香の処女膜を破ったときの映像だよ。綺麗に撮れてるだろう？」

「よ、よくも……よくも真理香を……」

殺意を滾《たぎ》らせた瞳でにらみつけるが、怒りのあまり言葉がつづかない。

拘束されていなかったら、すでに黒瀬の命はなかったはずだ。夏希は我を忘れるほど激昂していた。

「もっと憎むがいい。おまえは妹をレイプした男に犯されたんだぞ」

「黒瀬……おまえだけは絶対に許さない！」

殴りかかりたいが、身動きできないのがもどかしい。拳を握り締める以外はなにもできなかった。

『お姉ちゃん、助けてぇっ！』

モニターのなかでは、真理香が助けを求めて泣き叫んでいる。組み伏せられた妹の上で、黒瀬が汚い尻を振りたてている。張りのある乳房を揉みくちゃにしながら、飢えた獣のように醜い裸体を揺らしていた。

（こんな男に、真理香は……）

夏希の我慢と努力はすべて無駄だった。可愛い妹を守るために耐えてきたが、すでにヴァージンを散らされていた。黒瀬は腹のなかで笑いながら、夏希のことを嬲っていたのだ。

『あっ……あっ……う、動いちゃ……あンンっ』

真理香は犯されているのに、いつしか鼻にかかった声で喘いでいる。おそらく媚薬を使われたのだろう。処女膜を破られた直後にもかかわらず、ペニスをピストンされて感じていた。

（ああ、真理香が……ひどい……）

ヴァージンだった妹が喘ぎ泣く姿は、夏希を諦めの境地へと誘っていく。まるで地獄の底に引きずりこまれていくような気がした。

『ひああッ、ダメぇっ、ひいッ、あひあああぁぁぁぁぁぁぁッ！』

画面に映る真理香がよがり泣いている。清純な妹とは思えない、あまりにも卑猥な喘ぎ声だった。

「ひ、ひどい……」

もう罵倒する気力も起きない。夏希は絶望の海にどっぷりと浸っていた。

「おいおい、ずいぶん大人しくなったな。まさかこれくらいで参ったするんじゃないだろうな。もっと楽しませてくれよ」

黒瀬は男根をぶらぶらさせながら、待機していた男たちになにやら目配せする。部下のひとりが部屋を出ていくと、再びニヤけ顔を向けてきた。

「約束どおり真理香に会わせてやる。嘘つき呼ばわりされたくないんでね」

この男のことだから、またなにかを企んでいるに違いない。しかし、それでも妹に会えると思うと胸が躍った。

やがて鉄のドアがノックされて、背中を押されるように真理香が入ってきた。全裸に剥かれており、首に黒い革製の首輪を嵌められている。ずっと泣いていたのか、瞼《まぶた》が腫《は》れぼったくなっていた。

「ま、真理香っ!」

思わず涙ぐみながら声をかける。すると、名前を呼ばれて初めて気づいたのか、真理香は瞳を大きく見開いた。

「お……お姉ちゃん？」

声が可哀相なほど震えている。よほど怖い思いをしていたのだろう。抱き締めてあげたいが、それができないのがもどかしかった。

真理香はおぼつかない足取りでふらふらと歩み寄ってくる。そして、夏希の胸に倒れこんでくると、幼子のようにわっと大声で泣きだした。大粒の涙をポロポロとこぼし、剝きだしの乳房を濡らしていった。

「お、お姉ちゃん……わたし……うっうぅぅっ」

「真理香、ごめんね……助けてあげられなくて、本当にごめんね」

夏希の瞳からも涙が溢れていた。

今朝出勤するときは、こんな再会をすることになるとは思いもしなかった。あまりにも悲惨な状況に陥《おちい》って、頭のなかがグチャグチャになっている。姉妹は互いの身に起こったことを悟って泣きつづけた。

「涙の対面だな。いやぁ、じつに感動的だ」

黒瀬が横槍《よこやり》を入れてくる。そもそも、すべてはこの男が仕組んだことだった。

「真理香、姉貴のアソコを舐めて綺麗にしてやれ」

信じられない言葉を口にすると、真理香の肩を抱いて夏希から引き離す。そして、無理やり股間を覗きこませた。

「よく見てみろ。俺のザーメンが溢れてるだろう。ペロペロして綺麗にするんだ」

「で、できません、そんなこと……」

真理香が弱々しい声で拒絶する。すると、黒瀬の態度が豹変《ひょうへん》した。

「ほう、俺に逆らうのか？」

ワゴンの下段に用意してあったナイフを持ちだすと、夏希の首筋にあてがった。

「大好きなお姉ちゃんが死んでもいいのか？」

「くっ……卑怯な」

頸動脈にナイフが触れている。死の匂いを感じて全身に鳥肌がひろがっていく。それでも、夏希は屈服するつもりなど微塵《みじん》もなかった。

「真理香、こんな男の言うことを聞いてはダメよ！」

たとえ殺されることになっても、心まで売り渡すつもりはない。これ以上、大切な妹を穢されるわけにはいかなかった。

しかし、気の弱い真理香はすっかり動転して、首を左右に振りたくっている。涙を流しながら、慌てた様子でベッドにあがりこんできた。

「やる気になったのか？　いやなら無理をしなくてもいいんだぞ。姉貴が血を噴きながら死ぬところを見せてやる」

「や、やめてください……し、しますから」

真理香は脚の間に正座をする。そして、躊躇することなく、実の姉の股間に顔を埋めた。

「お姉ちゃん、許して……ンンっ」

「や、やめなさい、真理香……あああッ！」

妹の舌が淫裂をヌルリと舐めあげる。途端に鮮烈な刺激が突き抜けた。

「ダ、ダメよ、しっかりしなさい！」

夏希がどんなに叫んでも、もう真理香の耳には届いていない。まるで取りつかれたように舌を蠢かしていた。

潜入捜査官として特殊な訓練を受けている夏希とは異なり、真理香は一般企業に勤めるごく普通のＯＬだ。この状況下で平常心を保っていられるはずがなかった。

「あッ、やめて……ああッ」

レイプ直後の恥裂に舌を這わされて、またしても妖しい快感がひろがってしまう。

媚薬の効果が継続しているため、実の妹に秘部を舐められているという恐ろしい状況にもかかわらず、淫裂をやさしく掻きわけられると、腰が浮きあがるほどの刺激が突き抜けた。

「妹に舐められて気持ちいいか？」

「そんなはず……くううッ」

懸命に否定しようとするが、昂ぶったままの肉体はいとも簡単に昇りはじめる。内腿が震えそうになるのを、精神力でなんとか抑えこんでいた。

「やせ我慢は身体に毒だぞ。真理香、姉貴をイカせてやるんだ。できなかったら、夏希をもう一回レイプする。姉さんを救いたかったら、一所懸命舐めるんだ」

「妹にヘンなことさせないで！」

「夏希、おまえは妹のクンニでイクんだ。イカなかったら、妹をレイプするぞ」

黒瀬は最低の男だった。姉妹を徹底的に辱《はずかし》めて、奈落の底に叩き落とすつもりなのだろう。互いを人質に取られたような状態で、夏希と真理香に逃げ道は残されていなかった。

「妹には手を出さない約束でしょ！」

「そんなにいやなら、脚を自由にしてやるから真理香を締め落とすか？　俺にやったみたいにな。クククク ッ」

「あなた、人間のクズだわ……ああッ、真理香、ダメよ」

怒りを露わにするが、真理香のクンニリングスはつづいている。淫裂をねろねろと舐められて、溢れてくるザーメンをジュルジュルと啜《すす》られた。

「す、吸わないで……あああッ」

「妹を助けたかったらイクんだ。そうすれば妹は許してやる。下手な芝居をするなよ。

本気でイカなかったら、目の前で妹をレイプするからな」

「くぅっ……ひ、卑怯者」

とにかく、真理香をこれ以上傷つけたくない。妹を守るためには、妹の舌から与えられる背徳的な快感に没頭するしかなかった。

「ああッ、ダメ……どうしたらいいの？」

「お姉ちゃん、ごめんね……わたしのせいで……はンンっ」

真理香の舌が膣口に入りこんでくる。ザーメンを掻きだすようにヌルヌルと蠢き、妖しい快感が増幅した。

「あッ……あッ……ま、真理香のせいじゃないわ……」

「お姉ちゃんを助けたいの……お願いだから、わたしの舌で気持ちよくなって」

真理香が股間をしゃぶりながら、懇願するような瞳で見あげてくる。

夏希が妹を助けたいと思っているように、真理香は姉を助けたいと思っている。姉妹が互いを思う気持ちが、この背徳的なクンニリングスを加速させていた。

「そ、そこは……あああッ、真理香っ」

妹の舌がクリトリスを捕らえていた。ザーメンと愛蜜を拭《ぬぐ》い取るように、やさしくゆっくりと這いまわる。それがたまらない刺激となり、夏希の内腿がブルブルと激しく震えだした。

「はううッ、も、もう……ああッ、もうっ」

夏希はもう快楽を拒絶できなくなっていた。それに真理香を救う方法は、自分が快楽に溺れるしかなかった。

「イクときは教えろよ。勝手にイッたら、真理香にチ×ポをぶちこむぞ」

黒瀬の声が聞こえた直後、アクメの大波が一気に押し寄せてきた。

「あああッ、真理香っ、もうダメっ、あッ、あッ、イ、イクっ、イクううッ!」

ついに腰をしゃくりあげるようにしながら昇りつめる。脅されたとはいえ、実の妹に股間をしゃぶられて、許されない快楽に溺れてしまった。

(そんな……わたし、真理香に舐められて……)

唇の端から涎が溢れている。魂まで震えるような凄まじい快感だった。

「お姉ちゃん……ごめんね」

真理香は股間から顔をあげて、呆《ほう》けたように座りこんでいる。唇のまわりは夏希の愛蜜でヌラヌラと濡れ光っていた。

「まさか本当にイクとはな」

自分でやらせておきながら、黒瀬が呆れたような言葉を浴びせかけてくる。目の奥には嗜虐《しぎやく》的な炎が揺らめいていた。

「妹にイカされた気分はどうだ?　姉貴をイカせた気分はどうだ?　こいつはショー

でやったら受けるぞ。フハハハハッ」

黒瀬の邪悪な笑い声が地下室に響き渡る。

夏希と真理香は死にも勝る恥辱にまみれて啜り泣くことしかできなかった。

第四章　美姉妹調教

1

翌日――。

夏希は朝から湾岸北署の地下にある資料室にこもっていた。

資料室の奥にある最重要機密の資料が置かれている小部屋だ。ここの鍵はピッキングが困難な特注品で、署長と夏希しか持っていなかった。

スチール製の棚に何百というファイルが整然と並んでいる。そのなかから、H組に関する捜査資料を片っ端から抜き出していた。

「うっ……」

小さな呻きを漏らし、思わず眉をキュウッと歪めていく。

上の段にあるファイルに手を伸ばそうとつま先立ちになったとき、下腹部に鈍い刺激がひろがった。たまらず紺色のタイトスカートのなかで内腿を擦り合わせて、悔しげに下唇を嚙み締めた。

（こ、こんな物を……挿《い》れられるなんて……）

下腹部にそっと手のひらを押し当てる。

じつは、膣のなかにおぞましいバイブを押しこまれているのだ。身じろぎするたびに膣襞が擦られて、途切れることのない異物感に苦しめられていた。

昨日の悪夢が脳裏によみがえってくる。

真理香に陰部を舐められて昇り詰めた後、黒瀬に命じられて相棒の圭介に電話を入れた。もちろん拘束が解かれたわけではない。携帯を耳に押し当てられて「朝まで張り込みをするので署には戻らない」と言わされた。

それからは地獄だった。

真理香は他の部屋に連れていかれて監禁され、夏希は明け方まで黒瀬の手で嬲《なぶ》られつづけた。再会はできたが、人質に取られている状況は変わらなかった。

またしてもクレイジーハイを使われ、無理やり絶頂を味わわされた。真理香に見られなかったのがせめてもの救いだったが、何度もレイプされた屈辱は心と身体に深く刻みこまれている。

拷問のような恥辱が延々とつづき、さすがの夏希もこのままでは正気を保っていられなくなることを覚悟した。

しかし、絶頂地獄は突然終わった。とはいえ、黒瀬がただで解放するはずもなく、妹の命と引き替えにとんでもない条件を突きつけてきた。

「湾岸北署内にあるH組の捜査資料をすべて隠滅するんだ。最重要機密の資料室があることはわかってる。いいか、そこの資料も含めて、すべてだぞ」

精も根も尽き果てた夏希の鼓膜を震わせたのは、最低最悪の言葉だった。

それは自らが所属する警察組織を裏切る行為だ。零係《ぜろがかり》の特殊捜査官として、これまで積みあげてきたものを根本から否定することになってしまう。しかし、自分の命よりも大切な妹を人質に取られた状態で、夏希が抗えるはずもなかった。

「それと、こいつを挿れておくんだ。勝手に抜くと妹の命がなくなると思え」

男根を模した妖しげな物体を見せつけられて、思わず顔をしかめた。シリコン製らしく、ヌラリと黒光りする様が不気味だった。

「バイブだよ。その様子だと見るのも初めてらしいな、これを突っこむんだ」

「どうして、そんなこと……」

「調教するためさ。せっかくいい身体してるんだから、もったいないだろう。俺が仕込めば、大金を稼げる女になれるぞ」

黒瀬はさも楽しそうに言いながら、蜜壷におぞましい淫具を挿入した。

初めてのバイブは気色悪いだけだったが、濡れそぼっている女壺は簡単に受け入れてしまった。それだけでも屈辱的なのに、切り裂かれたスーツの代わりに妹の服を渡された。

「可愛い妹の匂いがするだろう。他のスーツに着替えるなよ」

真理香が全裸で監禁されていることを常に意識させるための、卑劣極まりない悪知恵だ。そしてワゴン車に乗せられ、黒瀬の手下たちによって自宅マンションまで送り返された。

監視されているわけではないが、万が一のことを考えるとバイブは抜けない。なにしろ妹の命がかかっている。そのままシャワーを浴びると、下着とブラウスは新しいものに替えて、妹の紺色のスーツで出勤した。

圭介は顔を見るなり心配そうに声をかけてきたが、まともに目を合わせることができなかった。昨夜の仕打ちは当然報告していない。妹が人質に取られていることもあったが、女としてあまりにも屈辱的な体験だった。

夏希は「ちょっと調べることがあるから」と、なにか言いたそうにしている圭介を振り切って資料室に駆けこんだ。

「ううっ……」

臍の下を押さえて小さく呻く。下腹部にひろがる妖しい刺激が収まらない。

ひと晩中レイプされて膣がジンジンしているところに、バイブを咥えこまされているのだ。挿れているだけとはいえ、鈍い刺激が長時間つづくのは苦痛以外の何物でもなかった。

「失礼します」

そのとき、ドアが勢いよく開けられてドキリとする。慌てて下腹部から手を離した直後、圭介が資料室に入ってきた。

「あれ、どうかしましたか？」

顔を見るなりつかつかと歩み寄ってくる。

「桐沢さん、顔色が悪いですよ」

「そ、そう？」

夏希は慌てて顔を背けると、額に浮かんだ汗をそっと手の甲で拭う。しかし、圭介は珍しく引こうとせずに、しつこく声をかけてきた。

「でも、昨夜は一晩中張り込みをしていたんですよね。疲れが溜まってるんじゃないですか？」

「本当に大丈夫だから自分の仕事に戻って。それにこの部屋はわたしと署長しか入れない――」

懸命に平静を装って取り繕おうとするが、最後まで言い終わる前に突然バイブが振動した。

「ひぅっ……」

危うく悲鳴をあげそうになる。ギリギリのところで呑みこんだが、秘部に埋めこんだ異物が動くことはまったく想定していなかった。完全に不意を突かれた格好だ。

（な、なに？　どういうこと？）

反射的に内腿をキュッと閉じると、なおのこと刺激が強くなってしまう。たまらず前屈みになり、こらえきれない呻き声が溢れだした。

「くっ……うぅっ」

慌てて内腿の力を緩めるが、それでもバイブは微かに震えつづけている。昨夜の荒淫で過敏になっている膣壁に、妖しげな刺激を送りこんでいた。

「やっぱりおかしいです。体調が悪そうに見えますよ」

圭介が話しかけてくるが、言葉を返す余裕がなかった。

「ンっ……べ、別に……なんともないわ」

バイブがなぜ動きだしたのかはわからない。タイマー式になっていたのか、それともリモコンで遠隔操作されているのか。いずれにせよ、勝手に抜くことはできないのだから、このまま作業をつづけるしかなかった。

「あんまり無理しないでください。寝てないんでしょう？　俺も手伝いますから」

「で、でも……ここは……」

とてもではないが、まともにしゃべることなどできない。

バイブ全体が小刻みに振動している。膣道全体に震えがひろがり、腰をよじりたくなるような疼きが沸き起こっていた。

「ここが立ち入り禁止なのはわかってますけど、桐沢さんの許可があればいいんですよね？」

よほど具合が悪そうに見えたのだろう。圭介はそう言ってくれるが、H組の資料を隠滅する作業だ。手伝わせるわけにはいかなかった。しかし、彼はスチール机の上に山積みになっているファイルを見てしまう。

「これ、全部H組に関する捜査資料ですね。こんなに引っ張り出して、どうするんですか？」

「そ、それは……NF製薬との繋がりを、洗い直そうと思って……」

夏希は額に汗を浮かべて、なんとか言葉を絞りだした。

すでに解決している事件から、未解決のものまで、とにかくすべての資料を隠滅しろというのが黒瀬の命令だ。警察を裏切ることになるが、真理香を助けるためには従うしかなかった。

「なるほど、古い資料からなにかわかるかもしれませんね」

圭介は大きく頷くと、疑いもしない様子でまっすぐに見つめてくる。

いかにも真面目な好青年といった雰囲気だが、彼も忠実な部下であり、信頼できる相棒、そして零係の特殊捜査官でもある。夏希の不審な行為に気づけば、全力で阻止しようとするだろう。それが警察に籍を置く者の責務だ。

だから、絶対に疑われるような行動は避けなければならない。さらにバイブを挿れていることにも気づかれるわけにはいかなかった。

（真理香を助けるまで……それまでだから……）

夏希はバイブの微弱振動に苦しみながらも、懸命に平常心を保とうとしていた。

妹を救いだしたら全力で黒瀬を倒すつもりだ。相棒にも打ち明けられないのは心苦しいが、後で話せばきっとわかってくれると信じていた。

「俺もいっしょに探しますよ。H組の資料ですね」

圭介はさっそく棚に向かって作業に取りかかった。

なにも気づいていないばかりか、どこか楽しげですらある。きっと手伝えるのが嬉しいのだろう。やはり相棒以上の感情を持っているようだった。

こうなってしまったら、あまり強固に拒絶するのも不自然だろう。とにかく、ばれないようにやり過ごすしかなかった。

「わ、悪いわね……」

夏希は全身にじっとりと汗を掻きながら、圭介と背中合わせの位置にある棚に向かう。少しでも距離を置いたほうがいいと判断したからだ。

脚を動かすと、バイブの存在感がさらに大きくなる。またしても声が漏れそうになるが、奥歯をグッと噛むことでなんとかこらえた。

(耐えるのよ……資料を集めないと)

心のなかで自分に言い聞かせながら、ファイルを手にとって確認する。微かな振動で下腹部がムズムズするが、これくらいなら精神力で持ちこたえられるはずだ。しかし、そう思った矢先、突然バイブの動きが激しくなった。

「あうッ！」

身体がビクッと震えて、ファイルを床に落としてしまう。

先ほどまでの小刻みな振動ではなく、下腹が波打つほどブルブルと震えている。膣壁が強烈に揺さぶられて、意に反する甘い刺激がひろがっていく。

(やっ……な、なんなの？)

たまらず内股になり、膝が小さく震えてしまう。もうまともに立っていることすらできない。とっさにスチール棚を両手で摑んで身体を支える。とにかく、圭介に見咎められるわけにはいかなかった。

「くっ、くぅっ……」

このままだと大きな声が漏れてしまう。しかし、もう動くこともできずに全身を硬直させる。そのとき、背中に熱い視線を感じた。

（み、見られてる……誤魔化さないと……）

そう思ったとき、ふいにバイブの振動がぴたりととまった。

「ファイル、落ちてますよ」

圭介がすっと歩み寄ってきて、ファイルを拾いあげてくれる。夏希は引きつった笑みを浮かべて受け取ることしかできなかった。

「あ……ありがとう……」

バイブは鳴りを潜めているが、膣には甘い痺れが残っている。また動きだすのではないかと気が気でない。内股になったまま、スチール棚に寄りかかるようにして身体を支えていた。

「今日の桐沢さん……なんかヘンですよ」

さすがに圭介が不思議そうな顔をする。もしかしたら異変に気づかれたのかもしれない。それでも、誤魔化しつづけるしかなかった。

「そんなこと、ないわ……いつもどおり……」

嘘をついている後ろめたさから、視線を合わせることができない。すると圭介はスチール棚に背中を預けて、なにやら小さく溜め息をついた。

「なにも言ってくれないのは淋しいです」

「平岸くん……」

彼のつぶやきに罪悪感を刺激される。すべてを打ち明けたくなるが、妹のことを思って踏みとどまった。

「俺、パートナーなのに」

圭介は拗《す》ねたように唇を尖らせると、スラックスのポケットに手を突っこんだ。

「ごめんなさい……でも、本当に——はうッ」

取り繕おうとした言葉が、途中からおかしな声に変わってしまう。またしてもバイブが動きはじめて、激しい振動に襲われていた。

「大丈夫ですか?」

「だ……大丈夫……ンンっ」

全身の毛穴から汗がどっと噴きだしている。膝が震えそうになるのをこらえるのに必死だった。

(どうなってるの? いやっ、もう動かないで)

夏希に許されているのは耐えることだけだ。しかし、バイブを長時間挿れっぱなしにされた膣は、それだけでしっとりと潤んでいる。そこを強烈に揺さぶられるのだから、凄まじいまでの衝撃だった。

「ン……ンン……」

子宮まで揺さぶられて、腰がくねりそうになってしまう。なんとかこらえているが、理性が吹き飛びそうな刺激だった。

「なんかヘンな音がしませんか？」

圭介が怪訝そうにつぶやいた。

夏希の膣のなかで、バイブがブブブッと低い振動音を響かせている。その微かな音に気づいたのかもしれなかった。

「そ、そう？　なにも聞こえないけど……はぅぅっ」

音が聞こえないように距離を取りたいが、バイブが暴れている今は動けない。一歩でも踏みだせば、足がもつれて倒れてしまいそうだった。

「し、仕事に戻りましょう」

なんとか圭介を遠ざけようとするが、なぜか今日に限ってやけに話しかけてくる。

「桐沢さん、顔が赤いですよ。熱があるんじゃないですか？」

心配してくれるのはありがたい。でも、今はそっとしておいてほしかった。

こうしている間も、バイブは凶悪な振動を送りこんでくる。濡れた膣襞を揺さぶられて、先ほどから感じていた妖しい刺激は明らかな快感へと変化していた。

（こ、こんなときに……ううっ、平岸くんが目の前にいるのに……）

もしひとりきりだったら、耐えきれなくなって快楽に身をまかせていたかもしれない。それほどまでの刺激が股間から全身へと蔓延《まんえん》していた。

「やっぱり、なんかヘンです。なんか隠してませんか？」

「そ……そんなこと……くンンっ」

「どうして言ってくれないんですか？」

圭介の顔が悲痛に歪む。相棒として隠し事をされているのがつらいのだろう。その気持ちは痛いほどよくわかった。

夏希もかつての相棒で恋人の哲朗が、秘密の捜査内容を打ち明けてくれずに苦しい思いをした。夏希がどんなに頼んでも教えてもらえず、ある日突然失踪してしまったのだ。

「俺じゃパートナーとして不足ですか？　桐沢さんの役に立ってないですか？」

圭介の言葉が胸に響いた。

三年前、似たような言葉を、夏希も哲朗に何度もぶつけた。だから、彼の気持ちはわかりすぎるほどわかってしまう。それでも、打ち明けることはできなかった。

「平岸くんは優秀な捜査官よ……パートナーとしても――ンううッ」

そのとき、バイブの振動が大きく変化した。

これまでの振動とは異なり、バイブ全体がうねっている。まるで蛇がウネウネとくねるように蠢《うごめ》き、蜜壺全体を思いきり捏《こ》ねまわしてきた。

（な、なんなの……ああっ、もうやめてっ）

強制的に送りこまれてくる快感に耐えながら、全身を小刻みに震わせる。今にも大声で喘いでしまいそうだ。女壺の奥から蜜が溢れて、しっとり濡れたバイブが膣襞に馴染んでしまう。もう腰がくねるのを抑えるので精いっぱいだった。

「ずっと役に立ちたくて……役に立てば、振り向いてもらえると思って……」

圭介が神妙な顔で語りかけてくる。なにやら雲行きが怪しい。言葉の端々に思い詰めたような雰囲気が漂っていた。

「ひ、平岸くん……な、なにを言って……ンンっ」

会話の流れを断ち切りたいが、もうしゃべる余裕などない。唇を強く閉じていないと、いやらしい声が溢れてしまう。ただバイブの動きに翻弄されて、彼の言葉を聞いていることしかできなかった。

「俺……桐沢さんのこと……好きなんです！」

真剣な眼差《まなざ》しに熱い想いがこめられている。彼の気持ちには気づいていたが、まさか今日告白されるとは思わなかった。

（そ、そんな……どうして、こんなときに……）

バイブが蠢いて困惑しているところに、追い打ちをかけられてしまう。

いつもは冷静沈着な夏希も、さすがに動揺を隠せない。こうしている間もバイブはウィーンウィーンと低い音を響かせながらくねりつづけて、濡れそぼった蜜壺を激しく攪拌《かくはん》していた。

「くっ……わ……わたしたちは……パ、パートナーでしょ」

年上の余裕で軽くあしらおうとする。しかし、バイブから送りこまれる快感は強烈で、どうしても声が震えてしまう。全身に発情の汗が滲み、牝のフェロモンまで漂いはじめていた。

いつかは圭介が気持ちをぶつけてくると思っていた。

しかし、夏希は失踪した哲朗の帰りを待ちつづけている。こんな状況でなくても、圭介を受け入れることはできなかった。

「さ……ファイルを……さ、探すわよ」

パニックに陥りそうになりながらも必死に平常心を保ち、ぎこちない動きで背中を向ける。話を打ち切ったつもりだが、いきなり背後から抱き締められた。

「桐沢さん！」

「ちょっ……じょ、冗談はやめて」

彼の意外にもがっしりした両腕が、肩から鎖骨《さこつ》を覆うように巻きついてくる。振り払おうとするが、バイブが動いたままで身体に力が入らない。それどころか、男の体温を感じて胸がドキッとしてしまった。

「ダ、ダメよ、平岸くん……は、離しなさい」

「いやです、もう離したくありませんっ」

圭介は感極まった様子で、ますます腕に力をこめてくる。そして、ついにはスーツの襟《えり》もとに手を入れて、ブラウスの上から乳房をまさぐってきた。

「あっ……お、落ち着いて」

「俺、ずっと桐沢さんのことが大好きだったんです！」

なんとか気を静めようとするが、圭介は完全に興奮している。暴走気味になっており、両手で双乳を揉みしだいてきた。

「あンっ、やめなさい」

普段なら背負い投げで軽く投げ飛ばすこともできただろう。だが、今はバイブの影響で下半身から力が抜けている。しかも胸を揉まれたことで、溜め息が漏れそうな切なさが全身にひろがっていた。

（そんな……どうしたらいいの？）

バイブもねちっこく蠢いており、潤んだ媚肉を嬲っている。胸を揉まれる刺激と連動するように、妖しい快感がどんどん大きくなっていく。

「い……いけないわ……お願いだから、困らせないで」

なにを言っても圭介の耳には届いていない。さらにタイトスカートの上から、恥丘のあたりを撫でてくる。バイブで責められている股間をまさぐられるのは、強烈な刺激だった。

「あンンっ……や、やめて」

バイブの存在に気づかれまいと、慌てて内腿をぴったりと閉じ合わせる。するとバイブを食い締めることになり、なおさら摩擦感が強くなってしまう。

(ああっ、こんなのって……もう……もうおかしくなりそう)

妹が囚《とら》われていることを忘れたわけではない。しかし、バイブの妖しい振動と圭介の愛撫で、夏希の性感は激しく揺さぶられていた。

「俺は本気なんです。わかってください」

「ンンっ……い、いい加減にしないと怒るわよ」

語気を強めるが無駄だった。圭介は女体の変化を感じ取ったように、ますます激しく責めたててきた。耳に荒い息を吹きかけて、ブラウス越しに乳房を揉みまくる。恥丘をギュウッと押されると、膣道が潰されてバイブの動きがより鮮明になった。

「ああっ、ダメっ、もうダメっ」

「口ではいやがってるけど、感じてるじゃないですか」

圭介の愛撫は執拗だった。まるでバイブの存在をわかっているように、恥丘をグイグイと押し揉んでくる。

（そんなところばっかり……ああ、ダメよ）

情けない内股になって、力なく首を左右に振りたくった。

「いやらしく腰が動いてますよ。俺を受け入れてくれるんですね」

「ち、違う……はンンっ」

懸命に耐えてきたが、もうこれ以上は我慢できない。下唇を強く噛んで、懸命に声を押し殺す。しかし、下腹部がぶるるっと震えだし、ついに罪深い快楽に呑みこまれていく。

「やめて、離れて……いやっ、あっ、あっ……あンンンンッ！」

こらえきれずに腰をくねらせて、背徳感にまみれた絶頂に達してしまう。内腿をキュッと閉じることで、バイブを無意識のうちに食い締めていた。

（そんな……わたし……）

こんな状況で昇り詰めてしまうなんて信じられない。

仮にも零係の特殊捜査官が、いくらバイブで責め嬲られたとはいえ警察署内で、さらに部下の前でアクメに溺れてしまうなんて……。

「なんて色っぽいんだ。桐沢さんっ」

圭介がさらに迫ってくる。タイトスカートを捲《まく》りあげようとするが、夏希は一瞬の隙を突いて身体を反転させた。

「目を覚ましなさい！」

すかさず頰を平手打ちして一喝する。圭介は呆気《あつけ》にとられたような顔をするが、すぐに我に返ったのか頭をさげてきた。

「す、すみません……俺……」

打たれた頰を押さえて、申し訳なさそうに謝ってくる。夏希としてはいろいろ言いたいところだが、ここはぐっとこらえることにした。

「わかってくれたなら、もういいわ……。ここはひとりで大丈夫だから。デスクに戻りなさい」

とにかく、ひとりになりたかった。圭介を資料室から追いだしてドアを閉めた途端、再び腰がくねりはじめた。

「ンンンッ、もうダメっ……ンッ、ンッ、ンううぅぅぅぅぅッ！」

まだ動いているバイブを内股になって締めつけると、またしても悩ましく呻きながら二度目の絶頂に昇り詰めた。

2

「妹に会わせて」

夏希は動じることなく言い放った。

夜になって署を出ると、マンションに帰らずＮＦ製薬研究所にやってきた。Ｈ組に関するすべての捜査資料を渡す約束だった。守衛室で名前を告げると、例によって黒ずくめの男たちが迎えにきて、第七研究棟の地下室に連れこまれた。

「図々しい女だな。約束を守れなかったんだから、真理香を殺されても文句は言えないはずだぞ」

白衣姿の黒瀬が、禿《は》げ頭を光らせながら薄笑いを浮かべる。周囲には銃を手にした男たちを従えていた。

「くっ……」

殴りかかりたい衝動に駆られるが、そんなことをすれば本当に真理香は殺されてしまうだろう。自分が射殺されることより妹の命が心配だ。

「明日までにはなんとかするわ。だから、妹の無事を確認させて」

Ｈ組の資料は膨大過ぎて、すべてを探しだすことはできなかった。圭介に邪魔をされなければ間に合ったかもしれないが、それは言っても仕方のないことだ。

「真理香にはいずれ会わせてやる。だが、その前に命令を実行できなかった罰を受けてもらう」

黒瀬が目配せをすると、縄を手にした男たちが近づいてきた。

妹を人質に取られているので抵抗しない。紺色のジャケットを脱がされて、白いブラウスとタイトスカート姿で両手首を縛りあげられる。縄は天井を走っている梁《はり》にかけられ、まっすぐに吊りさげられた。ヒールを脱がされて、裸足のつま先がかろうじてコンクリートの床に届く苦しい体勢だ。

男たちは壁際にさがり、いつでも撃てるようにトカレフを構えている。なぜか昨日よりも警戒しているようだった。

「暴れられると困るんでね」

「いいから早く妹に会わせなさい」

手首に縄が食いこむ痛みに耐えながら、黒瀬の顔をにらみつける。しかし、そう簡単に会わせてもらえるはずがなかった。

「罰を受けてもらうと言っただろう」

黒瀬がこれ見よがしに、大きな注射器のような物体を見せつけてくる。ガラス製の筒のなかに、透明な液体が揺らめいていた。

「なに？」

思わず眉をひそめると、黒瀬は嬉しそうに唇の片端を吊りあげる。そして、ゆっくりと背後にまわり、タイトスカートのファスナーをさげはじめた。

「浣腸だよ。こいつをケツの穴にぶちこんでやる」

「なっ……ふ、ふざけないで！」

反射的に身をよじる。全力で手を振り払うと、鋭い視線で振り返った。

「そんなこと絶対にさせないわ。殺されたほうがましよ」

怒りをこめて断言する。生き恥を晒すくらいなら、潔く死を選ぶつもりだ。拘束されていても、舌を噛み切って自害できる。これ以上、この最低男のオモチャにされるのだけは我慢ならなかった。

「死ぬのは勝手だが、残された妹は地獄を見ることになるぞ。おまえと違って自殺する勇気はないだろうから、延々と苦しむことになるのは間違いないな」

「く……黒瀬……妹に手出ししたら承知しない！」

壮絶な訓練を受けて零係の捜査官になったにもかかわらず、手も足も出ないばかりか、死を選択する自由すら奪われた。正義感の強い夏希にとって、これほど屈辱的なことはなかった。

「妹が可愛かったら、どうするべきかわかってるな？」

憎むべき男の手により、タイトスカートが引きおろされてしまう。黒いストッキングに包まれた下肢が露わになって、悔しさに奥歯を噛み締めた。

「ほお、粋《いき》がってるわりに、バイブはちゃんと咥えこんでるじゃないか。そんなに気に入ったのか？」

「無理やりやらせたくせに……」

「黒のストッキングに黒のパンティを選んだのは、マン汁の染みを誤魔化すためだろう。女の考えることなんてお見通しなんだよ」

小馬鹿にしたように言いながら、ストッキングとパンティを脱がされる。あっさりつま先から抜かれて、下半身を裸にされてしまった。

「ムチムチのいい尻だ。ほら、後ろに突きだすんだ。言うことをきかないとわかってるな」

ヒップをぴしゃりと叩かれる。夏希は吊られた両手を強く握り締めて、頬の筋肉を引きつらせた。そして、意を決すると双臀《そうでん》を掲げていった。

「もっとだ！」

またしても尻肉を打擲《ちょうちゃく》される。ピシッという乾いた音が響き渡り、屈辱と憤怒で顔を真っ赤にしながら、さらに双臀を突きだした。

「まずはバイブを抜いてやるか。そおれ」

「あっ……くううっ」

ずっぽり埋めこまれていた疑似《ぎじ》男根が、わざとゆっくりと引き抜かれる。ズルズルと後退していくほどに膣壁が擦られて、鮮烈な刺激がひろがってしまう。

「ンっ……ンっ……」

一日中挿れっぱなしにされたおかげで、膣内が異常なほど敏感になっていた。ようやく抜き取られると、なかに溜まっていた華蜜が溢れだし、内腿をトロトロと伝い落ちるのがわかった。

「思った以上にすごいマン汁だな。オマ×コも蕩《とろ》けてるぞ」

陰部の状況を説明されて、思わずヒップを戻しそうになる。すると、すかさず平手打ちが飛んできた。

「ひッ！」

今度はパシッとひときわ大きな音が鳴り、灼《や》けるような痛みが尻たぶに走った。

「しっかり突きだしておくんだ。真理香が可愛いんだろう？」

卑劣な脅し文句に従うしかない。再びヒップを掲げると、冷たくて硬い物が肛門に触れてきた。

「ひぅっ……な、なに？」

「浣腸するから動くなよ。ガラスが割れると、アナルがズタズタになって二度とクソができなくなるぞ」

恐ろしい言葉とともに、浣腸器の嘴管《しかん》が夏希の肛門の中心に突きたてられる。ツプッと刺さるのがわかり、おぞましさに全身のうぶ毛が逆立った。

「い、いや、早く抜きなさいっ」

「なにを言ってる。まだこれからだぞ」

黒瀬が浣腸器のピストンをゆっくりと押してくる。ガラスが擦れるキリキリという音が響き、冷たい薬液が肛門から腸内に逆流してきた。

「ひッ……やっ、うむむっ」

浣腸されるのなど初めての経験だ。血が滲むような汚辱感とともに、下腹部に違和感がひろがっていく。たまらず低い呻き声が溢れだし、括約筋《かつやくきん》が力んで肛門がキュウッと窄《すぼ》まった。

「力を抜くんだ。血まみれになるぞ」

「ううっ、そ、そんな、無理……ンンンっ」

「ゆっくり息をしてみろ。抵抗せずに身をまかせるんだ」

ここは言われたとおりにするしかない。眉を歪めながら小さく深呼吸をすると、浣腸液がチョロチョロと注がれてきた。

「ほれ、入ってくるのわかるか？　気持ちいいだろう」

「や……気持ちいいわけ……ううっ」

吊られた身体をよじらせたいが、そんなことをすればガラス製の浣腸器が割れてしまう。せめてもの抵抗と無反応を装おうとするが、排泄器官を嬲られる気色悪さに呻き声をこらえられなかった。

「ようし、全部入ったぞ」

ようやく嘴管が引き抜かれて、反射的に肛門を締めつける。下腹部が張り詰めており、浣腸されたことを嫌でも実感させられた。

「こ、こんなことして……なにが楽しいの」

眼光鋭くにらみつける。しかし、黒瀬はニヤニヤしながら見つめ返してきた。

「楽しくなるのはこれからだ。おい、真理香を連れてこい」

男たちに命じると、夏希のブラウスのボタンを外しはじめる。

「くっ……なにをする」

「妹に会わせてやるんだ。文句はないだろう？」

ブラウスの前をはだけさせると、黒いブラジャーの上から乳房をがっしりと鷲掴みにしてきた。その瞬間、思わず身体をひねると下腹部に鈍痛が沸き起こった。

「はうッ……」

嫌な予感とともに、全身にじんわりと汗が滲みだす。下腹部に生じた重苦しい感覚は、消えることなくどんよりと停滞していた。

「すぐに浣腸が効いてくる。生意気な女刑事がどんな声で泣くのか見物だな」

黒瀬はハサミを持ちだしてくると、ブラウスとブラジャーを切り裂いて、完全にむしり取ってしまう。これで夏希は一糸纏《まと》わぬ姿になり、地下室の天井から吊りさげられている状態になった。

「いい格好だな。大勢の男たちに見られて嬉しいか？」

壁際には銃を構えた男たちも控えている。誰も口を開かないが、興味深そうな視線を女体に這いまわらせていた。

屈辱にまみれて顔をうつむかせる。すると、ドアが開いて真理香が入ってきた。全裸で犬のように這いつくばり、黒革の首輪に繋がったチェーンを引かれている。あまりにも惨《みじ》めな姿だった。

「ああ、真理香……」

「お……お姉ちゃん……」

思わず呼びかけると、真理香は虚ろな瞳を向けてくる。そして、瞬く間に大粒の涙をこぼしはじめた。

最悪の再会だった。危うくもらい泣きしそうになるが、ここで涙を見せたら負けになる。夏希は憎悪を滲ませた瞳で、黒瀬の顔をまっすぐに見据えた。

「真理香に……妹にこれ以上酷いことをしたら許さない」

「まったく礼儀知らずな女刑事だ。お願いするなら言い方ってもんがあるだろう」

なにを言っても、この男の心には届かない。余裕綽々《しゃくしゃく》の態度でなにやら男たちに目配せする。すると真理香は無理やり立たされて、ひとまとめにした両手首に縄を巻きつけられていく。

「ああっ……いやぁ」

怖がる声が痛々しい。真理香は夏希のすぐ隣に連れてこられた。距離にして五十センチほどだろうか。姉妹は全裸に剝かれて、並んで吊されてしまった。

「ちょっと、やめなさい！」

「まだわからないのか。偉そうに命令するんじゃない」

黒瀬は鼻で笑い飛ばすと、新しい浣腸器を持ちだしてくる。わざと夏希に見せつけてから、真理香の背後にまわりこんだ。

「まさか、妹に……やめて、その子には無理よ！」

悲痛な叫びは無視されて、真理香の肛門に浣腸器が突きたてられた。

「はううっ……」

「じっとしてろよ。すぐに終わるからな」

「やだ……やめて……ンンっ」

ピンク色の唇から苦しげな呻きが溢れだす。真理香は抗うこともできず、恐怖にガタガタと震えている。言われるままにプリッとしたヒップを突きだして、大人しく浣腸されてしまった。

「お、お姉ちゃん……苦しいよぉ」

「真理香……そんな……」

自分も同じ仕打ちを受けているので、妹の苦しみが手に取るようにわかる。できることなら、彼女の苦しみをすべて背負ってあげたかった。

「黒瀬、おまえは……」

奥歯をギリギリと食い縛る。

首の骨をへし折ってやりたい衝動に駆られていた。今なら脚が自由なので、黒瀬ひとりなら道連れにできるだろう。しかし、そんなことをすれば、残された妹がどんな悲惨な運命を辿るかわからなかった。

「さてと、ゲームをはじめようか。どっちが長く我慢できるか競争だ」

「なにをバカなことを……ううっ」

そのとき、下腹部がズクリと疼いた。重苦しい痛みがひろがり、思わず内腿を強く閉じ合わせる。吊られていなければ、両手で腹を擦りたくなるような鈍痛だ。

「おや？　お姉さんはもう限界かな」

「そ、そんなはず……うむっ」

額ににじんわりと汗が浮かぶ。大量に注ぎこまれた浣腸液が効力を発揮して、腸壁をズンズンと刺激していた。

「先に漏らしたほうが負けだぞ。罰ゲームはアナルセックスだ。ケツの穴を俺のチ×ポで掘りまくってやる」

黒瀬は目を剝いて、姉妹の顔を交互に覗きこんでくる。そして、サディスティックに唇の端を吊りあげた。

（まさか、お尻を……そんなことが……）

排泄器官を犯すなんて人間のすることではない。可愛い妹をそんな目に遭わせるわけにはいかなかった。

「わたしはどうなってもいい。でも、真理香には手を出さないで」

腹痛に耐えながらつぶやいた。しかし、黒瀬は下卑た笑みを浮かべながら顔を覗きこんでくる。

「だったら先に漏らすんだ。そうすれば罰ゲームはおまえになる」

「うくっ……どこまで最低なの」

隣の真理香を見やると、やはり浣腸が効いてきたらしく、愛らしい顔を苦痛に歪めていた。

「お腹が……ううっ」

「真理香、耐えるのよ……」

元気づけたいが、この状況でかける言葉は見つからない。なにを言っても、その場しのぎにすらならないだろう。

負けたほうはアナルをレイプされる。妹を助けるためには、自分が先に漏らすしかない。頭では理解しているが、下等動物のような男たちに見られながら脱糞するのはあまりにも抵抗があった。

「なにを迷ってるんだ？」

葛藤していると、黒瀬が背後から近づいてくる。

「妹を助けたいなら、思いきりクソをぶちまければいいんだよ」

耳もとで囁かれて、双乳をこってりと揉みしだかれる。すると、それだけで下腹部の鈍痛が大きくなった。

「ほれ、見ててやるからクソしてみろ」

「ううっ……で、できない……そんなこと……」

「じゃあ、妹が犯られてもいいのか？」

それを言われると反論できない。真理香を苦痛から解放してあげたかった。

「仕方ないな。じゃあ、クソができるように手伝ってやるか」

黒瀬は恩着せがましく言うと、なぜか服を脱ぎ捨てて全裸になる。そして、夏希のヒップを鷲掴みにして、ググッと左右に割り開いた。

「な、なに——ああッ！」

吊られた身体に震えが走る。すでに屹立《きつりつ》しているペニスが膣口にあてがわれて、いきなりズブズブと貫かれた。

「ほおれ、一気にいくぞ！」

「あっ、い、いやっ、あああッ」

鮮烈な刺激に背筋が大きく反り返る。両手を吊られた状態での立ちバックだ。妹の前だというのに、最低の男のペニスをねじこまれてしまった。

「お、お姉ちゃん……」

「ああッ、真理香、見ないで……くううッ」

極太の肉柱を根元までズンッと挿入されて、信じられないことに快感が生じてしまう。一日中バイブを挿れて過ごしたので、膣が異常なほど敏感になっていた。しかし、それと同時に下腹部の鈍痛が膨れあがり、はっきりした便意へと変化していく。

「うむっ、や……ンンっ」

「どうだ、浣腸されながら犯されるのは最高だろう」

黒瀬はヒップを撫でまわしながら、さも嬉しそうに囁いてくる。そして、ゆっくりと腰を振りはじめた。

「まだまだこんなもんじゃない。天国に連れていってやるぞ」

「あうッ……う、動かないで」

巨大なペニスで膣襞を擦られて、蜜壺が勝手にヒクついてしまう。さらに薄い粘膜を隔てた腸に振動が伝わり、たっぷり注がれた浣腸液がどろりと対流をはじめた。

「ううっ、やめて……あううッ」

動かされるほどに便意が大きくなる。しかし、同時に女壺を掻きまわされる愉悦も膨らんでいた。

「お姉ちゃんにひどいことしないで……くぅっ……お願いです」

真理香も浣腸で苦しんでいるのに、必死の表情で懇願してくれる。そんな心やさしい妹のためにも、負けるわけにはいかなかった。

「わ、わたしは……わたしはなにをされても決して屈しない！」

犯されながらも言い放つ。どんなに肉体を傷つけられても、心まで穢《けが》すことはできない。たとえ嬲り殺されることになっても、最後まで抗うつもりだった。

しかし、浣腸による便意は際限なく大きくなる。通常の便意とは異なり、波が引くことなく時間とともに膨張していく。

「あああッ、や、やめろ……はンンっ」

「口では強がっても、オマ×コは嬉しそうに締めつけてるじゃないか」

黒瀬がピストンスピードを徐々に速めて、蜜壺内を強烈に掻きまわす。それが直腸を刺激し、浣腸液が濁流となって渦を巻く。排泄欲は瞬く間にレッドゾーンに達して、全身の毛穴から汗がどっと噴きだした。

「お、お腹が……くううっ」

下腹部でグルグルと不気味な音が響き渡る。肛門が小刻みに震えるのがわかり、慌てて括約筋に力をこめた。すると膣まで締めつけることになり、結果としてペニスを強く咥えこんでしまう。

「うおっ、オマ×コがきつくなったぞ。さては浣腸で感じてきたな」

「そ、そんなはず……ああッ」

蜜壺のなかを前後する男根の形がはっきりとわかる。大きく張りだしたカリが膣壁を擦るたび、望まない快感と激しい便意が膨らんでいく。しかし、膣を緩めれば肛門も緩み、直腸内の濁流が決壊しそうだ。

「苦し……ううっ、こんな……うむぅぅっ」

「クソが漏れそうか？　でも、気持ちいいんだろう？」

黒瀬はさらに激しく腰を振りたててきた。ヒップをパンパンッと弾く勢いで、長大な男根を豪快に抜き差しされる。膣壁が抉るように擦られて、頭の芯まで罪深くも甘美な痺れが突き抜けた。

「ああっ、ダ、ダメ……」

もうどこに力を入れたらいいのかわからない。便意は限界まで膨れあがり、同時にどす黒い愉悦も押し寄せてくる。苦痛と快楽が混ざり合い、腰が勝手にくねくねとうねりだす。汚辱感でいっぱいなのに、なぜか膣はぐちょぐちょに濡れていた。

「腰が動いてるじゃないか。そんなにいいのか？」

「ウ、ウソよ、いい加減なこと言わないで……あううッ」

「隠そうとしたってわかるぞ。おまえはマゾの気があるんだ。だから浣腸をぶちこまれてレイプされても感じるんだよ」

黒瀬が背中に覆い被さり、乳房を揉みしだいてくる。まるで呪文のように耳もとで囁きながら、乳首を指の股に挟みこみ、双乳をこってりと捏ねまわされた。もちろん、そうしている間も腰を激しく使い、膣内を思いきり攪拌されていく。

「や、やめ……あッ……あッ……」

拒絶の声も喘ぎ声に変わってしまう。今にも脱糞しそうなのに、ペニスをピストンされると目眩にも似た悦楽に翻弄される。夏希は肛門を懸命に閉じながら、逞しすぎる男根もギュウッと締めつけていた。

「はうウッ、速くしないで、くああッ」

「おい、真理香、よく見るんだ。お姉ちゃんはレイプされても、こんなに感じる牝豚なんだぞ」

黒瀬は好き放題にペニスを抜き差ししながら、わざと真理香に話しかける。姉妹を苦しめるのが楽しくて仕方ないらしい。女を嬲ることで快感を得る、正真正銘のサディストだった。

「お、お姉ちゃん……ンむむっ」

真理香が悲しそうな声で聞いてくる。やはり便意がこみあげているのだろう、内腿をもじもじと擦り合わせていた。

「ち、違うわ、こんな男の言うこと信じちゃダメよ」

「なにが違うんだよ。オマ×コは嬉しそうにチ×ポを締めつけてるじゃないか」

意地の悪い言葉を囁き、ズンッと膣奥を叩かれる。途端にこれまで感じたことのない衝撃が押し寄せて、吊られた裸身が小刻みに震えだした。

「はうう ッ、も、もう……あああッ」

下腹部では排泄欲が暴れまわり、理性がグラグラと揺さぶられる。頭のなかが真っ赤に染まり、もうなにも考えられなかった。

「もうダメっ、あッ、ああッ、ほ、本当にダメぇっ」

肛門が内側から押されて、こんもりと盛りあがっている。決壊のときが目前に迫っていた。たまらず情けない声で訴えるが、黒瀬はピストンを緩めようとしない。それどころか、ますます力強くペニスを打ちこんできた。

「ひあッ、つ、強いっ」

「そらそら、妹の前でクソをまき散らしながらイッてみろ！」

「あッ、あッ、や、やめて、真理香の前では……ンああッ」

浣腸をされた状態でのレイプは、あまりにも強烈だった。意志とは裏腹に、凄まじく感じてしまう。そして、性感が昂《たか》ぶるほどに便意も大きくなっていく。

「やだ、お姉ちゃんが……ううっ、お腹痛い……」

真理香が便意に苦しんでいる。それなのに、レイプされて感じているなんて信じられない。自己嫌悪に陥るが、今は背徳感すら性感を高めるスパイスとなっていた。

「おおおッ、締まる締まるっ、ようし、たっぷり中出ししてやるっ」

「やめて、そんなにされたら……ああッ、ああッ、もう狂っちゃうっ」

脱糞しそうな恐怖のなか、夏希は悪魔的な快楽に溺れていく。排泄欲にまみれながら、ペニスをひたすら絞りあげた。

「くおッ、出すぞっ、おおおッ、ぬおおおおおッ！」

「ああッ、ダメっ、ああッ、いやっ、ああぁぁぁぁぁぁッ！」

熱い迸《ほとばし》りを注ぎこまれた瞬間、吊られた裸体が弓なりに仰け反った。全身がビクビクと痙攣して、後ろ暗いアクメに昇りつめていく。

「浣腸されながらのセックスは最高だろう。おおッ、まだまだ出るぞっ」

「い、いや、ああッ、まだ……ああッ、あああああッ」

これまで経験したことのない凄まじい衝撃に、ふっと意識が遠のきかける。その直後、いきなりペニスが引き抜かれて、膣口が驚いたように痙攣した。

「ああッ、ダ、ダメっ、あああッ」

慌てて身をよじるがどうにもならない。括約筋から力が抜けて、肛門まで緩んでしまう。その隙を狙っていたかのように、直腸内で渦巻いていた濁流が一気に押し寄せてきた。

「ひいいッ、で、出ちゃうっ、見ないでっ、いやっ、いひゃあぁぁぁぁぁッ！」

肛門が内側から押し開かれたかと思うと、ついにこらえきれず脱糞する。夏希は半狂乱になりながら、内容物を思いきりぶちまけた。

下半身が激しく波打ち、肛門の襞もビクビクと震えている。結局、直腸内が空になるまで発作は収まらなかった。

（そんな……まさか、わたし……）

敗北感にまみれるが、密かに爽快感も覚えている。こらえにこらえてきた排泄欲を解放して、信じられないことに二度目の絶頂に達していた。

夏希がおぞましいアクメを貪る隣で、真理香も脂汗でヌラつく裸体をくねらせる。乳房を揺すりながら、悲痛な声で泣き叫んだ。

「わ、わたしも、お姉ちゃん、助けてっ」

もう我慢できないといった感じで、プリッとしたヒップを自ら後方に突きだしていく。そして、夏希の崩壊を後追いするように、ヒクつく肛門から濁流をドバッと放出した。

「あああッ、見ちゃいやっ、ひあああッ、ダメぇぇぇぇぇッ！」

姉につづいて妹の悲鳴が地下室に反響する。ここまで黙って見ていた男たちも、蔑《さげす》むように喉の奥で笑いはじめた。

「美人姉妹の脱糞ショーだ。こいつは豪快だな。フハハハハッ」

黒瀬の高笑いが追い打ちをかける。夏希も真理香も縄に体重を預けて、ぐったりとうな垂れた。

3

（ああ、もういや……）

強制的に排泄させられるのは、言葉にならないほどの屈辱だった。

これまで数々の修羅場を潜ってきた夏希でさえ、完全に打ちのめされている。気の弱い真理香は、もっとつらい思いをしているに違いなかった。

（助けてあげられなくてごめんね……真理香）

夏希はどんよりと落ちこんだまま、心のなかで最愛の妹に謝罪した。

やがて男たちがホースを持ちだして、夏希と真理香の尻に向かって放水し、汚れた床を綺麗に洗い流す。部屋の隅に排水溝があり、簡単に掃除できるようになっている。この地下室は最初から女を嬲るために設計されていた。

「妹を守ったうえに、気持ちいい思いもできたんだ。最高だったろう？」

黒瀬が小馬鹿にしたように笑いながら、ヒップをねちねちと撫でまわしてくる。夏希は気色悪さに身震いして、憎悪のこもった瞳でにらみつけた。

黒瀬はそれを受け流し、満足した様子で服を着ると、男たちを引き連れて地下室から出ていった。

夏希と真理香は吊られたまま放置されている。汗ばんだ裸体を隠すこともできず、つま先立ちの姿勢を強要されていた。

裸電球の弱々しい光が、剝きだしの肌をまったりと照らしている。汗でヌラついた姉妹の巨乳は、屈辱にフルフルと震えていた。

先ほどまでの狂宴が嘘のように、地下室はシーンと静まり返っている。真理香の啜り泣きだけが、コンクリートに囲まれた冷たい空間に響いていた。

「真理香……絶対に助けるから、諦めちゃダメよ」

なんとか元気づけてあげたい。しかし、気休めの言葉をかけたところで、真理香はしくしく泣くばかりで顔もあげてくれなかった。

（平岸くんが異変に気づいてくれれば……）

夏希は相棒に期待していた。

一度逃げているだけに、敵はかなり警戒している。自力で脱出するのは難しいだろう。しかし、このまま監禁がつづいて朝になり、夏希が出勤しなければ圭介が異変に気づくはずだ。彼が行動を起こしてくれるのを信じるしかなかった。

零係は非合法な捜査を行う極秘機関だ。仮に上部組織の公安が監禁の事実を知ったとしても、表立って救助に来ることはできない。ましてやＮＦ製薬のように、一見まともな会社が相手となればなおさらだ。

非合法な捜査をしていることを表沙汰にはできない。だから、組織を守るために見捨てられる可能性もある。零係の人間は、そのことを承知のうえで任務に当たっている。正義感を滾らせて、心から悪を憎む気持ちで……。

落ちこんでいる真理香に、もう一度声をかけようとしたときだった。鉄のドアが開いて、黒瀬がニヤニヤしながら戻ってきた。

「姉妹で水入らずのところ悪いねぇ」

粘りつくような声が不快でならない。しかし、そんなことより黒ずくめの部下たちが引き連れている男が気になった。紺色のスーツを着ており、がっくりとうつむいている。拘束されているらしく、両腕を背後にまわしていた。

「お客さんを連れてきたぞ」

黒瀬が尻を蹴り飛ばし、男が夏希の足元に倒れこんでくる。

「痛っ……」

つぶやく声に聞き覚えがあった。男がのっそりと体を起こす。そして顔をあげた瞬間、夏希は思わず両目を大きく見開いた。

「平岸くんっ……どうして？」

圭介に間違いない。今まさに最後の望みを託していた相棒が、後ろ手に手錠をかけられた状態で力なく座りこんでいた。

「え？　あっ……き、桐沢さんっ」

全裸で吊られている夏希に気づき、圭介の目が丸くなる。さらに真理香にも視線を向けて、倒れそうなほど仰け反った。

「ま、真理香ちゃんまで……」

驚きのあまり言葉を失い、姉妹を交互に何度も見やる。そして、生唾を呑みこむように喉仏を上下させた。

「やだ……見ないでください」

真理香の啜り泣きが大きくなった。

圭介は何度かマンションに来たことがあり顔見知りだ。知り合いに裸を見られる羞恥に、真理香は吊られた身体をくねくねとよじらせた。

「どうして……あなたが……」

夏希も顔を赤く染めて動揺しながら、掠れた声で疑問を投げかける。

圭介が助けに来るとしても、翌朝になってからだと思っていた。正確な時間はわからないが、まだ零時をまわっていないだろう。それなのに、なぜ彼がここにいるのか理解できなかった。

「あの、様子がおかしかったから……その、尾行したんです」

圭介は申し訳なさそうに口を開いた。

どうやら、昼間の夏希に不審感を抱いていたらしい。バイブを挿れられていたとは知らず、行動を怪しんでいたのだろう。そこで、署を出た夏希を密かに尾行してきたという。

「桐沢さんがＮＦ製薬に入ったのを見て、俺も敷地内に入ったんですけど……すみません……捕まってしまいました」

圭介は悔しそうに顔をしかめた。

彼も特殊捜査官の訓練を受けているとはいえ、ここのところ夏希のサポートで事務作業が中心だった。屈強な男たちに囲まれて、手も足も出なかったらしい。

（そんな……平岸くんが捕まってしまったら……）

胸の奥に絶望感がひろがっていく。

圭介は頼みの綱だった。それなのに、まさかこんなに早く捕らえられてしまうとは予想外だ。あまりにも呆気なく、最後の望みが絶たれてしまった。

「やっぱり夏希の仲間か。ずいぶん間抜けな奴だな」

黒瀬は座りこんでいる圭介を無理やり立たせると、ベルトを外してスラックスをずりおろす。さらにはボクサーブリーフも膝までさげて、下半身を剝きだしにした。

「や、やめろ、なにをするつもりだ？」

圭介は反抗心を露わにして黒瀬をにらみつけるが、壁際には銃を持った男たちが警戒している。後ろ手に拘束された状態では逆らえるはずがなかった。

「おい、どうしてチ×ポが勃《た》ってるんだ？」

「うっ……こ、これは……」

敵に捕らえられた最悪の状況だというのに、圭介のペニスは激しくそそり勃っている。臍につくほど反り返り、先端の鈴割れから透明な汁まで溢れさせていた。

「美人姉妹の裸を見て興奮したんだな？　お目当ては夏希か、それとも真理香か？」

「ふ、ふざけるな、俺をおまえといっしょにするな！」

圭介は顔を真っ赤にして怒鳴り散らす。しかし、勃起はいっこうに収まる気配がなかった。

（こんなときに……なにを考えてるの？）

夏希は困惑して視線を逸らした。相棒のペニスを目にするのは気まずかった。

すると男たちが寄ってきて、夏希を吊っている縄を緩めはじめた。長時間のつま先立ちに加えて、浣腸されてのレイプで疲れ切っている。まともに立っていることができず、縄に体重を預けたままその場にひざまずいた。

「ううっ……」

コンクリートの床に膝がついた状態で、再び縄が固定される。両手を頭上に真っ直ぐ伸ばした膝立ちの格好だ。目の前に圭介が立っているので、勃起したペニスが鼻先に迫っていた。

「夏希、舐めるんだ。フェラで部下のチ×ポを射精させろ」

黒瀬がとんでもないことを命じてくる。よりにもよって、相棒のペニスを舐めさせようとしているのだ。

「ど、どこまで辱《はずかし》めれば気がすむの？」

夏希は反射的に鋭い視線で見あげていた。

「おまえがやらないなら、真理香の口に無理やり突っこむぞ」

薄笑いを浮かべながら見おろされると、それだけでなにも言い返せなくなる。悔しいけれど、妹を人質に取られている以上は逆らえない。どんなに理不尽な命令でも撥《は》ねつけることはできなかった。

「やめろ！　桐沢さんにそんなことさせるなっ」

圭介が叫んで突進する素振りを見せると、周囲で警戒している男たちの間に緊張が走る。全員が拳銃を構えており、今にもトリガーを引きそうだった。

「待って！」

夏希は慌てて叫んだ。真理香を守りたいのはもちろん、相棒も無駄死にさせるわけにもいかない。

「やるわ……わたしが……」

フェラチオを志願する。自分が我慢すれば誰も傷つくことはない。それで二人を救えるのなら、屈辱を嚙み締めて従うしかなかった。

「ようし、さっそくはじめてもらおうか。手を抜くなよ。先っぽから玉袋まで舐めまくるんだ。真理香もよく見ておくんだぞ」

「お……お姉ちゃん……」

真理香がか弱い声でつぶやき、大きな瞳から涙を溢れさせる。夏希の想いはしっかり伝わっているようだった。

「真理香は心配しないでいいのよ。平岸くん……」

相棒の顔を見やり、ほんの一瞬アイコンタクトを交わす。

決して諦めたわけではない。チャンスがあれば男たちを倒して脱出する。視線に滾る気持ちをこめたつもりだ。すると圭介は受け取ってくれたらしく、微かに顎を引いて答えてくれた。

夏希は意を決すると、三年来のパートナーの股間に顔を近づけていく。強烈な牡臭が鼻腔に流れこんできて躊躇《ちゅうちょ》する。しかし、どうせ避けられないなら、屈辱の時間は短いほうがよかった。

(いくわよ……平岸くん、上手く調子を合わせて)

勃起に唇を近づけて、濡れている先端にチュッと口づけする。すると、圭介は敏感に反応して腰を震わせた。

「くうッ……」

「動かないで……ンンっ」

そのまま裏筋に唇を滑らせて、肉竿《にくざお》の裏側をゆっくりと舐めさがっていく。膝立ちの姿勢で吊られているので両手は使えない。あくまでも唇と舌だけで刺激を与えなければならなかった。

「ううっ……桐沢さん、すみません」

謝罪されると、余計に相棒のペニスを舐めている実感が湧きあがる。屈辱と羞恥が入り混じるが、それでもフェラチオは継続しなければならない。夏希は肉竿の根元に舌を這わせながら、囁くような声でつぶやいた。

「お願いだから黙って……」

「で、でも、あんまり気持ちよくて……ううっ」

「もうしゃべらないで……はむううっ」

舌を伸ばして陰嚢《いんのう》全体を念入りに舐めまくる。そうしてから皺袋をぱっくりと咥えこみ、口内で双つの睾丸をクチュクチュと転がした。

「す、すごい……うむっ」

相棒の呻き声を複雑な気持ちで聞きながら、再び肉竿を這いあがように唇を滑らせる。亀頭に達すると尿道口は我慢汁でネバつき、牡の匂いも強烈になっていた。

一瞬ためらうが、結局は唇を大きく開いて亀頭に被せていく。舌も駆使して舐めまわし、勃起を奥まで咥えこむ。唇を硬い肉竿に密着させて、ゆっくりと首を前後に振りたてた。

「ンっ……ンっ……」

「おおおっ、き、気持ちいいっ」

圭介が感極まったような声をあげると、ペニスがさらにひとまわり大きくなる。先端からはカウパー汁が滾々《こんこん》と湧きだし、独特の苦みが口内にひろがった。

「ずいぶん積極的じゃないか。部下のチ×ポはそんなに美味いのか？　こいつが射精したら全部飲むんだ。吐きだしたら妹に飲んでもらうことになるぞ」

黒瀬がからかいの言葉をかけてくる。真理香の視線も感じているが、途中で投げだすことはできない。妹のためと言い聞かせて、首を激しく振りたくった。

「ンふっ……はむっ……むふぅっ」

「は、激しい……ううッ、そ、そんなにされたら……」

ペニスの熱気が唇に伝わってくる。鼻に抜ける匂いも濃くなっていた。圭介の興奮度合いを示すように、亀頭がググッと大きく膨らんでいく。

「も、もう出そうですっ、くううッ、桐沢さん、おおッ、うおおおおッ！」

突然、雄叫《おたけ》びとともに口内のペニスが跳ねあがる。熱い粘液が噴出して、喉の奥をベチャベチャッと直撃した。

「はむううううッ！」

反射的に嘔吐しそうになるが、懸命に踏みとどまる。そして太幹を咥えたまま眉間に縦皺を刻みこみ、相棒の白濁液を飲みくだした。

4

縄が引きあげられて、夏希は再びつま先立ちの姿勢を強要されている。脅されたとはいえ相棒にフェラチオしたことで、気持ちがどんよりと沈んでいた。

隣に吊られている真理香は啜り泣くこともせず、まるで感情を失ったように黙りこんでいる。瞳がガラス玉のようになっているのが心配だが、今の夏希には声をかける気力もなかった。

圭介は手錠を外されたが、男たちが銃を構えているので抵抗できない。ペニスを剥きだしにしたまま、困ったような顔で立ち尽くしていた。

「おい平岸、射精したのにまだチ×ポが勃ってるじゃないか」

黒瀬は呆れたように言うと、圭介の肩をなれなれしくポンポンと叩く。そして、夏希の裸体に粘りつくような視線を這わせてきた。

「こんだけ美人の上司とコンビを組んでるんだ。犯りたくて仕方なかったろう」

「な、なにを言ってるんだ……お、俺は、そんな……」

口では否定するが、圭介は血走った目を女体に向けてくる。まろやかな乳房や股間の茂みを、それこそ穴が開くほどじっと見つめていた。

「見ないで……」

夏希は吊られた身体をよじらせるが、乳房が揺れるだけで背中を向ける体力も残っていない。見世物にされる恥辱にじっと耐えるしかなかった。

「我慢できなくなってきたんじゃないのか？　よし、特別に犯らせてやろう」

「なっ……い、いくらなんでも……」

「言うとおりにしないと、三人とも死んでもらうことになるぞ」

黒瀬の脅し文句に、圭介が困惑の表情を浮かべる。そして、助けを求めるように夏希を見つめてきた。

しかし、夏希も返す言葉が見つからない。これまで三年間、パートナーとして数々の事件を解決してきた。その相棒に抱かれるなんて想像できなかった。

「俺……どうすれば……」

圭介は情けない声でつぶやいたが、しばらくするとおもむろにネクタイを緩めはじめる。そして逡巡していたのが嘘のように、あっという間に服を脱いで全裸になった。

鍛え抜かれた筋肉質の肉体を露わにして、正面から歩み寄ってくる。

「そんな……平岸くん、ダメよ」

夏希は思わず顔を引きつらせた。慌てて説得を試みるが、圭介は鼻息を荒らげながら目の前に迫ってしまう。

「こうするしかないんです」

震える両手を腰にまわしてくる。そのままヒップを撫でるようにして、手のひらを太腿の裏側にあてがってきた。

「やっ、なにするの？　正気になりなさい」

「死んだらどうにもなりません。我慢してください」

両脚を持ちあげられたかと思うと、両脇に抱えこまれてしまう。両手を吊られたまま抱っこされるような体勢だ。そして、圭介は股間を突きだすようにして、いきり勃ったペニスの先端を膣口にあてがってきた。

「ああっ、ま、待って、本気なの？」

夏希は相棒にレイプされる恐怖に顔を歪めるが、圭介は興奮したように鼻の穴を膨らませている。それでも、口では真面目に語りかけてきた。

「言いなりになっている振りをして、じっくりチャンスを待ちましょう。真理香ちゃんを助けるにはこれしかありません」

確かにこの窮地から脱するには、しばらく言いなりになって敵を油断させるしかないだろう。真理香は先ほどからひと言もしゃべっていない。精神的にかなり追い詰められている証拠だった。

「でも……」

「やるしかないんです。桐沢さん、すみません」

圭介は謝罪すると同時に腰を突きあげてくる。ペニスの先端が陰唇の狭間《はざま》に潜りこみ、蜜壺にズブズブと押しこまれてきた。

「はうぅッ！　やっ、挿れないでっ」

一気に根元まで挿入されて、亀頭が子宮口に到達する。宙に浮いたつま先がピーンッと突っ張り、重苦しい快感が下腹部にひろがった。

「そ、そんな……平岸くん……」

嬲られつづけた身体はすっかり感じやすくなっている。いきなり貫かれたというのに、膣道は歓迎するようにうねってしまう。ひどく淫らな女になったようで恥ずかしかった。

「おおっ、これが桐沢さんの……」

圭介は腰をしっかり抱き寄せて股間を密着させると、感慨深そうにつぶやいた。鉄のように硬い肉茎がずっぽり収まり、下腹部がぴったりと重なり合う。自分の体重がかかることで、より深い場所まで抉られてしまう。

「ンううっ……な、なにを考えてるの……は、早く抜きなさい」

顔を真っ赤にしながら叱りつけるが、圭介はまったく聞く耳を持たない。それどころか、抱えこんだ夏希の身体をユサユサと揺らしはじめた。

「あっ……あンっ……や、やめなさい」

極太のペニスで蜜壷を掻きまわされて、嫌でも愉悦がひろがってしまう。早くも奥から果汁が滲み、クチュクチュと卑猥な音が響き渡った。

「ああっ、いい加減にしないと怒るわよ、わたしたちパートナーでしょ」

「真理香ちゃんを救うためです。許してください」

それを言われると反論できない。相棒に犯される屈辱に首を振り、急速に膨らんでいく快楽に翻弄されるしかなかった。

「駅弁ファックは初めてだろう。妹の前で部下に犯される気分はどうだ？」

黒瀬がさも楽しそうに見つめてくる。隣で吊られている真理香はときおり虚ろな瞳を向けてくるが、やはりひと言もしゃべらなかった。

「ずいぶん気持ちよさそうじゃないか。若いチ×ポがそんなにいいのか？」

「くっ……」

夏希はなにも言わず、下唇を噛み締めて顔を背けた。

反応すれば余計惨めになるだけだ。どうせ拘束された状態では手も足も出ない。それならば、じっと耐えている方がましに思えた。

しかし、圭介は腰の振りを大きくして、真下からズンズンと突きあげてくる。子宮口を叩かれるたびに乳房が弾んで、抑えることのできない快感が膨らんでしまう。

「ああっ、平岸くん、もうやめて」

「でも、なかはウネウネ動いてますよ」

「いやよ、言わないで……あンンっ」

相棒に犯されながらも、隙をうかがって周囲に視線を巡らせる。しかし、銃を手にした男たちに囲まれていては、しばらく大人しくしているしかなかった。

「ううっ……お、俺、そろそろっ」

圭介が快楽の呻きを漏らし、ペニスを勢いよく抜き差しする。最後の瞬間が迫っているらしく、ただでさえ巨大な男根がさらにひとまわり大きくなっていた。

「あッ、あッ、や、やめて、腰を動かさないでっ」

「でも銃を突きつけられてるから……本当にすみません……ううッ、もうすぐ出そうです」

「ダ、ダメよっ、ああッ、もうやめてっ」

無理やり犯されているのに、なぜか快感が大きくなってしまう。膣が勝手に収縮して、相棒のペニスを思いきり締めあげていた。

「おおおッ、気持ちいいっ、桐沢さんっ、うおおおおおッ！」

「いやああッ、抜いて、あああッ、熱いっ、あぁぁぁぁぁぁぁッ！」

膣の奥に沸騰した白いマグマを注がれる。反射的に下肢を圭介の腰に巻きつけて、股間をクイクイとしゃくりあげた。

「くおッ、締まる締まるっ、桐沢さん、すみませんっ、くうううッ！」

「もうダメっ、それ以上は……あッ、ああッ、やめてぇっ、あああああッ！」

射精は延々とつづき、驚くほど大量のザーメンを流しこまれる。夏希は吊られた裸体を痙攣させて、倒錯のアクメへと押しあげられた。

射精の発作が収まり、ようやくペニスが引き抜かれる。

蜜壺から白濁液が逆流して、内腿をドロリと伝い落ちた。両足を床におろされるが、もう身体に力が入らない。手首を縛っている縄に体重を預けて、ぶらさがるような格好になっていた。

(平岸くんに……犯されるなんて……)

夏希はショックのあまり放心状態となっている。相棒に犯されたうえに中出しまでされて、身も心もボロボロだった。

「ふぅっ、最高でしたよ。桐沢さんのオマ×コ」

圭介が妙にすっきりした声でつぶやいた。

この場にそぐわない口調に違和感を覚える。真面目な彼らしくない性器の俗称も気になった。

「ずっと犯《や》りたかったんですよ」

思わず視線を向けると、圭介の顔には凄絶な笑みが浮かんでいた。

無意識のうちに眉をひそめて、相棒の顔をじっと見つめていく。胸の奥に疑念が浮かぶが、そんなはずはないと打ち消した。

「俺の迫真の演技、どうでした？」

「平岸くん……あなた、なにを言ってるの？」

「もしかして、まだ気づかないんですか？　夏希さんって意外と鈍《にぶ》いんですね」

呼び方が「桐沢さん」から「夏希さん」に変わっている。これまで三年間いっしょに仕事をしてきて、そんな呼び方をされたことは一度もなかった。

「捕まった振りをしてたんです。俺と黒瀬さんはグルだったんですよ」

圭介がヘラヘラしながら、自慢げに説明をはじめた。

じつは、裏で黒瀬と繋がっており、すべての情報を流していたという。夏希が雑誌記者として潜入したときも、最初から正体はばれていた。だから黒瀬は事前に傭兵を大勢雇い、第七研究棟の警備を固めていたのだ。

「もっとも、逃げられたのは計算外だったがな」

黒瀬が横から話に加わってくる。片頰を吊りあげて、いかにも意地の悪そうな笑みを浮かべていた。

「でも、平岸の助言で真理香を誘拐したのは大正解だったよ。おかげでおまえは手も足も出なくなったんだからな」

「そんな……まさか、平岸くんが……」

信じられない事実を突きつけられて目眩がする。

吊られていなければ倒れていたかもしれない。信頼していた相棒に裏切られて、目の前が真っ暗になった。

捜査資料の隠滅を命じたのは、資料室の鍵を持っているのが署長と夏希だけだったからだ。圭介はリモコンでバイブを操作しながら告白し、夏希が困惑する様子を楽しんでいた。しかも、隙を見てスチール机の上に置いてあった資料室の鍵をコピーしたという。どうやら特殊な粘土で型を取ったらしかった。

「夏希、おまえは俺たちの手のひらで踊らされてたんだよ」

黒瀬の言葉が頭のなかでグルグルまわる。最初から騙されていたのだ。元を辿れば、圭介の裏切りがすべてのはじまりだった。

「どうして……そんなことを……」

掠れた声で問いかける。すると、かつての相棒は邪悪な笑みを浮かべながら背後にまわりこんだ。

「夏希さんを犯りたかったんですよ。それと、やっぱり金ですね。俺たち命を賭けてるのに給料安いじゃないですか。割に合いませんよ」

「あ、あなたって男は……ちょっと、触らないで！」

後ろから腰を摑まれて、反射的に身をよじらせる。しかし、圭介は構うことなく、勃起したままのペニスを臀裂に押し当ててきた。

「なんのために浣腸したと思います？」

不気味な囁きの直後、屹立の先端が肛門にあてがわれる。そして、力まかせにグイッとねじこまれた。

「ひいッ！」

凄まじい衝撃が脳天まで突き抜ける。巨大な亀頭が沈みこみ、尻穴が灼けるように熱くなった。排泄器官を強制的に拡張されて、これまで体験したことのない激烈な汚辱感に全身の細胞が震えだした。

「やったぞ、夏希さんのアナルにぶちこんだんだ！」

圭介が叫びながら、さらにペニスを押しこんでくる。肛門に異物が逆流してくる感覚は強烈で、身体中の毛という毛がいっせいに逆立っていく。

「ひうッ、こ、こんなことまで、恥を知りなさいっ……ひンンッ」

相棒にアナルを犯される屈辱が、夏希の心を打ちのめす。助けに来てくれると信じていた圭介がじつは裏切り者で、肛門を引き裂くような激痛を与えているのだ。

「ぬ、抜いて、お尻が壊れる……ひむむッ」

「そんな簡単には壊れませんよ。ほら、真理香ちゃんなんか悦んでケツ振ってるじゃないですか」

圭介の言葉にハッとして隣を見やる。すると、吊られた妹のヒップに、黒瀬が股間を押しつけていた。

「おおっ、やっぱり真理香のアナルは最高だよ」

いつの間にか真理香が尻の穴を掘られている。しかも、黒瀬が腰を振るたび、甘ったるい喘ぎ声を漏らしていた。

「ああンっ……お尻がひろがっちゃうぅ」

まったく痛がっている様子はない。むしろ感じているようにも見える。

「ま、まさか……真理香」

あまりにもおぞましい光景だった。最愛の妹が卑劣な男に肛門を犯されている。悪夢だと思いたいが紛れもない現実だ。

「真理香ちゃんも楽しんでるんだから、夏希さんもすぐにアナルで感じるようになりますよ」

「そんな、真理香が……うンンっ、や、動かないで」

ペニスをゆっくり抜き差しされると、灼けるような痛みに襲われる。肛門で感じるなど考えられなかった。

「そうそう、これまでのH組と第七研究棟の捜査については、上に報告をあげてませんから。まだ潜入していないことになってます」

圭介が軽い調子で告白する。

零係の任務に関しては、逐一《ちくいち》公安に報告する決まりだ。捜査資料作成などのデスクワークは圭介が担当しており、夏希はすべてを任せていた。しかも、資料室にあるH組に関する捜査資料もすべて隠滅ずみだという。

「だから、夏希さんと真理香ちゃんがここに監禁されてることは、誰も予測できないってわけです。もちろん、俺も嘘の報告をしますしね」

「そんなことまで……捜査官としての誇りはないの？」

目に映るものすべてが色を失っていく。圭介は用意周到に準備をしていた。公安に一縷《いちる》の望みをかけたかったが、救出は期待できそうにない。

「俺は捜査官の名誉よりも、夏希さんを手に入れたかったんです。泣いても叫んでも、絶対に誰も助けに来ませんよ。フフフッ」

圭介は余裕の笑みを浮かべながら腰を振る。極太ペニスが肛門を抉る痛みが、絶望感に変わって全身に蔓延していく。そこはかとない恐怖が、夏希の心を真っ黒に染めていった。

「あっ……あっ……お尻、いいっ」

隣では真理香がアナルレイプされてよがっている。どうやら、すでにアナル性感を開発されているらしい。いったい何度犯されたのだろう。可愛い妹の変わり果てた姿が、絶望感をより大きく膨らませた。

「うむっ……く、苦しい……」

弱気が頭をもたげて、つい小声で口走ってしまう。すると、真理香がアナルを突かれながら、こちらに顔を寄せてきた。

「お姉ちゃん、痛いのは最初だけだから……」

焦点の合わない虚ろな瞳で見つめてくる。

「お尻の力を抜くの。そうするとね、だんだん気持ちよく……ああンっ」

舌足らずな声でアドバイスされて、夏希は思わず瞳を潤ませながら首を左右に振りたくった。

「や、やめて、真理香……お願いだから、そんなこと言わないで」

「真理香ちゃんの言うとおりですよ。さあ、力を抜いてアナルを緩めてください」

圭介が尻たぶをねちねちと撫でまわし、ペニスをゆったりと出し入れする。太幹が肛門の襞を摩擦するたび、灼けつくような刺激がひろがっていく。

「う、動かないで……あひッ、裂けるっ」

痛みが強すぎて、どうしても力が入ってしまう。すると、肛門が締まることで、なおさら摩擦感が大きくなる。悪循環から抜け出せず、黒髪を振り乱して苦痛を訴えつづけた。

「女刑事のくせに泣き言か。ケツ穴を掘られるのはそんなにつらいか？」

「く、黒瀬……よくも妹におかしなことを……」

妹のアナルを犯している黒瀬をにらみつける。肛門が捲《めく》り返りそうな苦痛のなか、この男だけは絶対に許さないと心に誓った。

「真理香、お姉ちゃんが苦しんでるから楽にしてやれ」

黒瀬が命じると、真理香が顔を寄せてくる。夏希の身体も圭介にコントロールされて、姉妹の顔は息がかかるほど急接近した。

「お姉ちゃん……ごめんね、わたしのせいで」

真理香は感じながらも、今にも泣きだしそうな瞳で謝罪してくる。それだけで愛《いと》しさがこみあげて、夏希も思わず瞳を潤ませた。

「謝らなくていいわ、あなたのせいじゃないのよ」

「でもね、お尻の穴をズボズボされると、すごく気持ちいいんだよ」

「真理香……あなた、なにを――ンンっ」

夏希の声は、真理香に唇を奪われたことで遮《さえぎ》られる。そして、すぐさま柔らかい舌が口内にヌルリと入りこんできた。

（そんな、真理香と……妹とキスするなんて……）

いけないいと思ってもなぜか振り払うことができない。可愛い妹の唇だと思うと、嫌悪感はまったく湧かなかった。

「お姉ちゃん、大好き……あむぅっ」

「ンふぅっ、ダ、ダメよ……はむンンっ」

舌を絡め取られて、頭の芯が痺れたようになる。男たちに見られているのはわかっているが、妹との禁断のディープキスに溺れてしまう。

「夏希さん、もしかしてレズの気があるんですか？」

「いや、こいつらはシスコンだろ。しかも、ふたりともマゾの牝豚だ」

圭介と黒瀬が勝手なことを言いながら腰を振る。夏希と真理香のアナルを犯しまくり、蔑むような笑い声を響かせた。

（ああ、もうどうしたらいいの？）

妹に舌をやさしく吸われると、なぜか肛門の痛みが薄らいでいく。だから、なおのこと姉妹でのディープキスを拒絶できなくなる。夏希も妹の甘い唾液を啜っては、うっとりと嚥下《えんげ》していた。

「だいぶ気分が出てきたみたいだな。いい機会だから面白いことを教えてやろう」

黒瀬がもったいぶるように口を開く。そして、重大な秘密を打ち明けるように、声のトーンを落として語りはじめた。

「三年前、NF製薬をしつこく嗅ぎまわってる男がいたんだ。とっつかまえてドラッグの実験台にしてやったよ」

「……え？」

夏希は我に返ったように妹の唇を振り払い、黒瀬の顔を見あげていった。

先輩捜査官で恋人の哲朗が失踪したのも三年前だ。ふいになにかが繋がった。まさかとは思うが、捕まった男というのは……。

「名前は太田哲朗。エクスタシーXとクレイジーハイの開発に貢献してくれて、狂い死にしたよ。この地下室でな」

恐ろしい事実を聞かされて、心臓がとまりそうになった。

哲朗は夏希を危険に晒すまいと単独行動をとり、第七研究棟に潜入したが捕らえられた。そして、媚薬の実験台にされて命を落としたのだ。よりにもよって、その媚薬で夏希はアクメを味わわされていた。

「そんな……哲朗が……あうッ」

湧きあがってきた怒りをくじくように、肛門をグイッと抉られる。恋人を殺されてアナルをレイプされている屈辱に、精神が崩壊しそうだった。

「死んだ奴のことなんて、もういいじゃないですか。おかげで俺と夏希さんは知り合えて、コンビを組めたわけだし」

圭介が腰の振り方を大きくする。アナルを執拗に摩擦されるが、もちろん気持ちよくなるはずがない。すると、圭介が股間に右手を潜りこませて、なにか硬い物体を膣口に押しつけてきた。

「しょうがないからオマ×コも刺激してあげますよ。このバイブ、お気に入りなんですよね？」

「あっ、やめて、挿れないで、あああっ」

蜜壺に鮮烈な刺激が突き抜ける。肛門に男根を挿入された状態で、膣にもシリコン製の疑似男根をズブズブと押しこまれてしまう。薄い粘膜越しにペニスとバイブが擦れ合う感触は強烈だ。

さらにバイブのスイッチを入れられて、媚肉をブルルッと揺さぶられる。その状態でアナルのペニスを抽送されると、妖しい愉悦と強烈な圧迫感が混ざり合う。双つの穴を同時に責められる衝撃に、身も心もパニック状態に陥った。

「ああッ、いやっ、そんな、両方なんて、はううぅッ」

汗だくになった裸体をよじらせるが、二穴責めからは逃れられない。ペニスを抜き差しされることで、膣で受けるバイブの快感が大きくなっていく。

「ああンっ、お尻が気持ちいいっ」

「妹はこんなに素直になったぞ。夏希も我慢せずにケツを振ってみろ」

「あッ、あッ、もっと……もっとぉっ」

真理香があられもない声でよがり泣く。もう黒瀬の声など耳に入っていない様子で尻を打ち振っていた。

「じ、地獄だわ……あああッ、い、いやぁっ」

夏希の心に激しい憤怒がこみあげる。だが、それすらも凌駕するどす黒い快感が押し寄せて、すべてを暗黒色に塗りつぶしていく。

恋人を殺され、唯一の肉親である妹もレイプされた。そして、自分もこうしてアナルを犯されている。信頼していた部下にも裏切られ、もうどうすればいいのかわからなかった。

(ああっ、真理香……お願いだから正気に戻って)

妹の喘ぎ声を聞いていると、自分までおかしな気持ちになってくる。恐ろしい現実から逃れたくて、二穴責めの快楽に心が流されていく。

「ダ、ダメよ、こんなの……あああッ」

「うおっ、いいね。夏希さんのアナル、ヒクヒクしてきましたよ」

圭介が背中に覆い被さり、汗ばんだ乳房を揉みしだいてくる。そうしながら腰を使い、アナルをズブズブと抉ってきた。

「あッ、あッ、やめて、もう……あぁッ、せめて真理香だけは……」

胸の奥に諦念《ていねん》がひろがり、目の前で悶える妹の姿が涙で霞《かす》みはじめる。まさに生き地獄だ。これほどの地獄がこの世に存在するとは思わなかった。

「真理香ちゃんは感じてるんです。夏希さんも気持ちよくなっていいんですよ」

圭介が呼吸を荒くしながら、激しく腰を打ちつけてくる。いつしか肛虐の痛みは消え去り、重苦しい愉悦だけが膨張していた。

そのとき、真理香の喘ぎ声が一オクターブ高まった。

「はあああッ、い、いいっ、お尻がいいのぉっ、もうイキそうっ」

愛らしい顔を歪めて、唇の端から涎《よだれ》を垂らしている。アナルセックスの虜《とりこ》になっているのは明らかだった。

「ようし、俺が出すと同時にイクんだ……おおおッ、ぬおおおおおッ！」

「ひゃンッ、気持ちいいっ、あぁッ、イクイクっ、お尻でイッちゃううぅッ！」

真理香は吊られた身体を激しく悶えさせて、乳房をユサユサと揺すりながら昇り詰めていく。黒瀬が断続的に射精しているらしく、女体がビクッ、ビクッと小刻みに震えるのが艶めかしかった。

「ま、真理香……そんな……真理香が……」

張り詰めていたなにかがプツリと切れた。妹がアナル絶頂を極める姿は、それほどまでに衝撃的だった。

「い、いや……ああッ、もう……」

「アナルが感じてきましたか？　俺もそろそろ限界です」

　膣襞を揺さぶるバイブが、アナル性感も高めている。無意識のうちにペニスを食い締めて、まるで媚《こ》びるように尻を左右に振っていた。

「あうッ、そんな、お尻が……ああッ、ああッ」

「そんなに締められたら……おおおッ」

　全力のピストンが襲いかかり、アナルが壊れるほど抉られる。いっそのこと、このままこの世から消えてなくなりたかった。

「し、締まるっ、夏希さんもいっしょにイッてくださいっ、ぬおおおおおおッ！」

　圭介が大声で叫びながら、根元まで叩きこんだペニスを脈動させる。熱いザーメンが勢いよく噴きだし、直腸粘膜をベチャベチャッと直撃した。

「ああッ、灼けるっ、あッ、あッ、すごいっ、ああッ、お、お尻が灼けるぅっ、もう狂っちゃうっ、あああッ、イクっ、イックうううッ！」

　アナルに中出しされると同時に、ついに絶頂を告げながら昇りつめる。ペニスとバイブを思いきり締めつけて、恥も外聞もなく腰を激しく振りたてた。

「おいおい、女刑事がアナルを掘られてイッちまったのか？　ったく世も末だな」

黒瀬のさも楽しそうな声が聞こえてくる。真理香のヒップを抱えてしつこく腰を振り、巨乳をねちねちと揉みしだいていた。

夏希はにらみ返すこともできず、屈辱を噛み締めて首を折る。怒りが消滅したわけではないが、抗う気持ちがもう萎えているのも事実だった。

第五章　恥辱のステージ

1

アナルヴァージンを奪われてから数日が過ぎていた。

夏希は薄暗く冷たい地下室の隅で、力なく横たわっている。まるで胎児のように丸まり、わずかに与えられた空き時間を睡眠に当てていた。

全裸で監禁されたまま一歩も外に出ていない。黒革製の首輪を嵌《は》められ、後ろ手に手錠をかけられている。首輪からはチェーンが伸びており、コンクリートの床にある鉄製のフックに繋がれていた。

昼夜を問わず、黒瀬と圭介に犯されつづける生活を送っている。睡眠不足で常に頭が朦朧《もうろう》としている状態だ。

唇も膣も、そしてアナルも数え切れないほど穢されてしまった。食事と水は最小限しか与えられず、気力も体力も底を突きかけている。もう身も心もボロボロになっていた。

真理香は別の部屋に監禁されている。どんなに頼んでも会わせてもらえず、命令に従わなければ殺すと脅されていた。

（真理香……）

半分眠りながら、ぼんやりと妹のことを考える。脳裏に浮かぶのは、決まって幼い頃の無邪気な笑顔だった。

泣き虫で甘えん坊の真理香は、いつも「お姉ちゃん」と呼びながら付きまとっていた。夏希はそんな妹のことが可愛くて仕方がなかった。両親が亡くなってからは、姉妹で力を合わせて生きてきた。

しかし、清純だった真理香はもういない。卑劣な男たちにヴァージンを奪われ、アナルまで犯されて、肉の悦びを教えこまれてしまった。

今も男たちに嬲《なぶ》られているのかもしれない。

妹のことを思いだしたせいか、ふいに涙腺が緩みそうになる。慌てて気を引き締めるが、精神が疲弊していることを自覚させられた。

真理香はもっと追い詰められているだろう。もともと気の弱い妹だ。怖い思いをして、毎日泣いているに違いなかった。

（助けてあげられなくて……本当にごめんね）

心のなかで謝罪したとき、鉄製のドアが開いた。

白衣姿の黒瀬が、銃を持った黒い服の男たちを従えて入ってくる。反撃された経験があるので、相変わらず警戒心が強かった。真理香を人質に取っているにもかかわらず、念には念を入れていた。

黒瀬は横たわった夏希のすぐ目の前まで来ると、当然のようにスラックスの股間を突きだしてくる。

「やれ……」

無表情のまま見おろし、ぶっきらぼうにつぶやいた。

夏希はのっそりと身体を起こし、コンクリートの床に正座をする。そして、躊躇することなく男の股間に顔を寄せると、唇でファスナーをおろしていく。

「ククッ……女刑事も堕《お》ちたものだな」

黒瀬が表情を緩めて、蔑むような目を向けてくる。開いた前合わせからペニスを剥きだしにすると、偉そうに腰をしゃくりあげた。

「おまえの大好物だぞ」

「ああ……」

夏希は条件反射のように唇を開き、まだ柔らかい男根を咥えこんだ。

「はむっ……あむぅぅっ」

おぞましい肉塊をすっかり口内に呑みこみ、舌を使って唾液をクチュクチュとまぶしていく。唇で甘嚙みするように、強弱をつけて根元の部分を締めつける。ペニスが芯を通しはじめると、ゆっくり首を振って唇をスライドさせた。

「ずいぶん従順になったな。おしゃぶりも上達したじゃないか」

「ンっ……ンっ……」

蔑みの言葉をかけられても、夏希は大人しく男根をしゃぶっている。

妹の命と引き替えに、様々な性技を徹底的に仕込まれた。黒瀬と顔を合わせたら入念なフェラチオを施すのが決まりだった。

両手を背後で拘束されているので、唇と舌だけで快感を送りこむノーハンドフェラだ。毎日強要されているうちに屈辱感が薄れて、こうするのが当たり前とすら思うようになっていた。

唇を押し返すように、肉茎が太さを増していく。亀頭もぷっくりと膨らみ、尿道口から苦みのある汁が滲みだした。

「うむぅぅっ……」

強烈な悪臭がひろがるが、それでもペニスは吐きださない。亀頭をヌルリと舐めまわし、眉を情けなく歪めながら唇をゆるゆると滑らせる。鉄のように硬くなった肉柱を、あくまでもやさしくしゃぶりつづけた。

「平岸のやつ、零係の責任者になったらしいぞ。おまえは失踪扱いになってるから、警察は動かないだろうな」

圭介は嘘の報告をあげているらしい。夏希が個人的な理由で失踪したように見せかけたのだろう。上層部が事件性なしと判断すれば、いっさいの捜査は行われない。つまり、どんなに待っても絶対に救出は来ないということだ。

(もう……期待するだけ無駄なのね)

わずかな可能性も潰されて、胸のうちが黒一色に塗りつぶされていく。

妹を人質に取られて、夏希自身も鎖で繋がれている。しかも、まわりには銃を持った男たちが大勢いるのだ。どこに監禁されているかもわからない妹を探しだし、なおかつ厳重な警戒をかいくぐって逃げるのは不可能に近かった。

「おまえは死ぬまで性奴隷として生きていくんだ。これからも毎日チ×ポをしゃぶらせてやるぞ」

黒瀬の勝ち誇ったような言葉が頭上から降り注ぐ。勝利を誇示するように、男根は激しく漲《みなぎ》っていた。

「ンふっ……むふンっ」

今の夏希にできることはなにもない。

地獄の底を這いずるような絶望感を誤魔化すように、巨根をさらに深く頰張ってい
く。先端が喉奥に到達して息苦しさを覚えるが、なぜか被虐心を刺激されて無意識の
うちに腰をくねらせた。

「はンンっ……」

「心配するな。これだけのフェラができれば、食うのに一生困らないだろうよ」

黒瀬が勃起をヒクつかせながら、さも楽しそうに笑いかけてくる。

女刑事を屈服させることでサディズムを疼かせているらしく、ペニスはさらに太さ
を増していた。

「おおっ、いいぞ。チ×ポが溶けちまいそうだ」

「ンっ……ンっ……ンンっ」

「今夜からショーに出てもらう。たっぷり稼いでもらうからな」

恐ろしい言葉をかけられる。大勢の男たちの前で、卑猥なことを強要されるのだろ
う。想像するだけで身の毛がよだつが、逃げられないのもわかっている。夏希は捨て
鉢な気持ちになり、口内のペニスを思いきり吸引した。

「くおっ、発情したのか？　そんなに吸われるとすぐに出そうだ」

「はむンっ……ンンっ……むふううっ」

男の興奮がペニスから伝わってくる。夏希は激しく首を振りまくり、頰を窪ませな

がらジュブブブッと下品な音を鳴らして吸いあげた。

「おおおッ、で、出るっ、おおッ、むおおおおおッ！」

口のなかで男根が跳ねまわる。肉胴部分が激しく波打ち、濃厚な牡汁がビュクビュクと噴きあがった。

「うむうううゥッ！」

夏希は低く呻きながらも、注がれる端からザーメンを飲みくだす。命じられるまでもなく、フェラチオしたら一滴も残さず精液を飲み干すように躾《しつ》けられていた。

「うっとりした顔になってるぞ。俺のは濃くて美味いだろう」

黒瀬が満足そうに見おろしてくる。夏希はまだペニスを咥えたまま、お掃除フェラに耽《ふけ》っていた。

「ンふっ……はむンンっ」

もうなにも考えたくなかった。

どうせ逃げられないのなら死んだほうがましだが、妹がひとり残されることを思うとそれもできない。性奴隷として生きていく以外、夏希に選択権は与えられていなかった。

（あ……また……）

股間がムズムズしてくる。最近フェラチオをしていると、アソコが濡れるようになってしまった。

連日にわたる調教で、M性が開花してきたのだろうか。信じたくないが、肉体に変化が起こっているのは間違いない。ペニスをしゃぶりながら内腿を擦り合わせると、奥でクチュッという小さな音が確かに聞こえた。

2

フェラチオが終わると、数日ぶりに地下室から連れだされた。

睡眠不足と過労で、歩くのもままならない状態だ。両脇を男たちに支えられて、薄暗い廊下を歩かされた。

全裸で首輪を嵌められ、後ろ手に手錠をかけられた状態だ。逃げられないように細心の注意を払っているのだろう。背後には銃を構えた男が数人歩いていた。

第七研究棟の裏から外に出る。

日が落ちており、時間はまったくわからない。行き先は告げられず、横づけされていたワゴン車に押しこまれた。やはり両脇を屈強な男たちが固めている。ワゴン車の後部席には窓がなく、外の様子は窺えなかった。

銃を持った男たちも三列目のシートに腰掛けている。そこまで警戒しなくても、もう抗う気力などすっかり蒸発してしまった。

黒瀬は乗っておらず、運転席にも助手席にも黒い服を着た男が座っていた。

ワゴン車が走りだしても、男たちは口を開かない。夏希もしゃべることなく、焦点の合わない瞳でボーッと宙を眺めていた。

この男たちはただの傭兵だ。なにかを尋ねたところで、まともな答えが返ってこないのはわかっている。それにどこへ連れていかれるのか興味もない。どうせ命じられたことをするしかないのだから……。

小一時間ほど走ったろうか。ワゴン車から降ろされると、生ゴミが腐ったような悪臭が漂ってきた。

雑居ビルの間の路地らしい。街灯もなくて薄暗く、場所はまったく見当がつかなかった。目の前の建物はかなり古いらしく、くすんだ色の壁には蜘蛛《くも》の巣状のひびが走っていた。

おそらくこの建物のどこかで、いかがわしいショーが行われているのだろう。

夏希は例によって男たちに挟まれて歩かされた。雑居ビルの裏口を入り、地下へつづく階段をおりていった。

いきなり、ステージの袖に連れていかれた。

仕立てのいいグレーのスーツを着た黒瀬が待ち受けており、狡猾《こうかつ》そうな薄笑いを浮かべて歩み寄ってくる。

「今日がおまえの初舞台だ。しっかりやるんだぞ」

剝きだしの肩を抱くと、耳もとで囁きかけてきた。耳たぶを舐められて思わず肩をすくめると、黒瀬はさも嬉しそうに「ククッ」と笑う。さらに乳房を揉みしだきながら、耳孔に舌を差し入れてきた。

「あっ……」

「いい反応だ。今から手錠を外してやる。ただし、おかしな真似をしたら、妹の命はないと思え」

何度聞かされたかわからない脅し文句だ。

数日ぶりに手錠が外されたが、もちろん抗おうとは思わない。妹が助かるなら、もう自分はどんな目に遭っても構わなかった。

「四つん這いになれ」

素直に這いつくばると、首輪にチェーンが繋げられる。そして、犬が散歩するように歩かされ、ステージ上に連れだされた。

スポットライトを浴びて、思わず瞳を細める。ずっと裸電球ひとつの地下室にいたので目が眩んでしまう。戸惑っている間にチェーンを外されて、ステージの中央に立たされた。

男たちが「おおっ」と唸る声が聞こえてくる。まぶしさをこらえて目を開けると、そこは小さなバーのような空間だった。おそらくH組の息がかかった店だろう。

ステージとは異なり、客席はムードを出すためか薄暗い。テーブル席がいくつかあり、奥にはカウンターも見えている。ほぼ満席になっており、総勢三十名ほどの男たちがステージ上の夏希に卑猥な視線を送っていた。

（ここで……ショーをするの？）

これまで投げやりになっていた夏希だが、男たちの熱気を感じて思わずあとずさりしてしまう。すると、隣に立っている黒瀬が背中に手をあてがい、「さがるな」と耳打ちしてきた。

「客をがっかりさせるなよ。わかってるな」

言外に妹のことを匂わせながらにらまれると、なにも言い返せなかった。

「くっ……」

裸体を隠したい衝動に駆られながら、気を付けの姿勢を保ちつづける。そして、恐るおそる観客席を見まわした。

誰もが高級そうなスーツを着ており、いかにも金持ちといった雰囲気の男ばかりだ。暴力団関係者と思われる目つきの悪い者、ときおり話題になる企業家、大物政治家の顔もある。いずれも、各界の有力者ばかりが集まっていた。

「みなさまお待たせしました。スペシャルショーの開演です」

黒瀬が慣れた調子でしゃべりだす。客たちは常連らしく、どこか打ち解けた雰囲気が流れていた。

「この女、夏希は本日が初舞台となっております。誰もが振り返る美貌でありながら、なんと先日まで湾岸北署に勤務していた女刑事です！」

刑事と聞いて、観客たちの間にどよめきが起こった。

「心配はありません。夏希はすでに調教ずみで、アナルもオーケーの立派なマゾ女です。堕ちた女刑事の姿を存分にお楽しみください」

黒瀬が言葉を継ぎ足すと、客たちはほっとしたように好奇の視線を向けてくる。あさましい性欲を剝きだしにして、さっそく息を荒らげる者もいた。

（ああ、なにをやらされるの？）

乳房や股間を視姦されて、嫌悪感に思わず腰をよじらせる。このステージでなにをすればいいのか、まだ聞かされていなかった。

「それでは、特別ゲストをご紹介しましょう」

おおげさな声とともに、黒瀬が舞台袖に向かって右手をかざす。釣られて視線を向けると、そこには全裸の女性が這いつくばっていた。

「え？　ま、まさか……」

うつむいているので表情はうかがえないが、マロンブラウンのふんわりした髪に見覚えがある。首輪を嵌められており、隣に立つ男がチェーンを握っていた。

「会いたがってただろう？」

黒瀬の耳打ちで確信する。四つん這いで犬のように歩いてくるのは、愛しい妹に間違いなかった。

「真理香が……どうして？」

会いたいと願っていたが、こんな場所での再会は望んでいない。客席に視線を向けると、男たちは涎を垂らしそうな顔で真理香を見つめていた。

「い、いや、やめて……そんな目で見ないで」

妹が欲望の対象にされているのだ。これから起こることを想像すると、恐ろしくて膝が震えはじめてしまう。

「一回しか言わないぞ」

またしても黒瀬が耳もとで囁いてくる。夏希にだけ聞こえる抑えた声だが、有無を言わせぬ迫力があった。

「ここに集まっている客たちは高い会費を払ってる。俺に逆らったり、客を不愉快にさせたときは、真理香に身体を使って謝罪させるからな」

「そんな、妹だけは……」

「おまえが大人しくしていれば問題ない。こいつらは女を虫けら以下だと思ってる連中だ。真理香を差しだしたら、死ぬまでレイプされるだろうな」

　これ以上の脅し文句はなかった。夏希は瞳を潤ませながら、目の前まで這ってきた妹を見つめた。

　ステージ中央で真理香も無理やり立たされる。そのとき初めて、夏希と視線が交錯した。数日ぶりの対面だ。二人とも全裸で黒革製の首輪を嵌められている。それでも唯一の肉親と再会できて、瞬く間に胸の奥が熱くなった。

「真理香……」

　震える声で呼びかける。しかし、真理香はガラス玉のような瞳を向けてくるだけで反応しない。どこかボーッとしており、まるで魂がぬけてしまったように意思が感じられなかった。

　監禁されて嬲られているうちに、心が壊れてしまったのではないか。底知れぬ恐怖と不安が、胸の奥にひろがっていく。

「しっかりしなさい……お姉ちゃんがわからないの？」

　思わず両手を伸ばし、妹の肩を摑んで揺さぶった。しかし、真理香はぼんやりと見つめ返してくるだけだった。

「真理香、お願いだから返事をして」

どんなに呼びかけても答えてくれない。マネキンに話しかけているようで、虚しさと悲しさがこみあげてきた。

「そんな……真理香が……」

再会できた喜びも束の間、絶望感が心を埋め尽くしていく。

妹を助けるために、これまで言いなりになってきた。それなのに、肝心の妹はとっくに壊されていたのだ。

「この女は真理香といって、夏希の実の妹です。ただいまから、美姉妹によるレズビアンショーをお見せします」

黒瀬が観客席に向かって宣言する。すると飢えた男たちが目をギラつかせて、夏希と真理香の裸体を凝視してきた。

「姉妹でシックスナインをするんだ。夏希、仰向けになれ」

非情な命令がくだされる。実の姉妹にレズ行為を強要して、それを見世物にするつもりなのだ。そんな恐ろしいことをさせるなんて信じられなかった。

(でも、やらないと真理香が……)

仕方なく薄汚れたフローリングの床に横たわる。すると、真理香が躊躇することなく、逆向きになって重なってきた。果たして姉だとわかっているのだろうか。あっさり顔をまたぐと、当然のように股間に顔を埋めてきた。

「い、いけないわ……」

反射的に太腿を閉じるが、真理香の息が恥丘に吹きかかっている。秘毛がサワサワ揺れるのを感じて、危うく性感のスイッチが入りそうになった。

妹の内腿の奥には、ピンクの花びらが見えている。この数日間、蹂躙されまくったであろう陰唇は、それでも清純そうな色合いを保っていた。

「ま、待って……やっぱりこんなこと……」

妹の体重がかかり、乳房がむにゅっと押し潰されている。真理香の乳房も夏希の腹の上で柔らかくひしゃげていた。

「ただ重なってるだけじゃダメだぞ。オマ×コを舐め合うんだ」

「そんな、いくらなんでも……」

「夏希、股を開け。妹が舐めやすいようにオマ×コを突きだしてみろ」

黒瀬に命令されたが、夏希はためらってしまう。すると真理香が待ちきれないとばかりに強引に割り開き、いきなり淫裂に唇を押しつけてきた。

「はああッ、ダ、ダメっ、あああッ！」

舌でヌルリと舐めあげられた瞬間、腰がビクンッと跳ねあがった。

実妹にクンニリングスされるなんて信じられない。何日も休まず嬲られつづけたことで、すっかり感度がアップしている。触れるか触れないかのタッチで縦溝を刺激されると、それだけで昇り詰めそうになった。

夏希の嬌声を耳にした観客たちの間から、「おおおっ」という地鳴りのような唸り声が湧きあがる。卑猥な視線を全身に浴びながら妹の舌を感じて、夏希は腰をヒクヒクと震わせた。

「真理香、やめて……はンンっ」

懸命に呼びかけるが、真理香の耳には届いていない。太腿を抱えこんで股間に顔を寄せて、一心不乱に舌を動かしている。割れ目からじんわりと染みだした華蜜が、陰唇全体に塗り伸ばされていくのがわかった。

「ああっ、こ、こんなこと……」

左右のビラビラを交互に唇で挟みこみ、何度もやさしく甘噛みされる。すると頭のなかが真っ白になり、妹の愛撫に溺れそうになってしまう。

「おまえもやるんだ」

隣にしゃがみこんだ黒瀬が声をかけてくる。脅すように見おろされると、逆らうわけにはいかなかった。

夏希は困惑に眉を歪めながら、それでも真理香の太腿に両手をまわして首を持ちあげる。そして、何度か躊躇しながらピンクの陰唇にそっと口づけした。

「あンンっ……」

その瞬間、真理香の唇から愛らしい喘ぎ声があがった。再会して初めて聞く妹の声だった。

（ああっ、真理香……）

マネキンのようだった妹が声をあげてくれた。どんな形であれ、反応してくれたことが嬉しかった。

真理香はすぐにクンニリングスを再開し、夏希の蜜壺に尖らせた舌先を埋めこんでくる。まるでペニスのようにヌプヌプと抜き差しされて、罪深い快感が下腹部から全身へとひろがりはじめた。

「あっ、そんな、ダメ……あっ、あっ」

可愛い妹の舌だと思うと、嫌悪感はまったく湧かない。むしろ背徳感が快楽を高める手助けをして、しゃぶられている陰唇が蕩けるほど感じてしまう。

「ああンっ、どうしたらいいの？」

困惑してつぶやくと、真理香が焦れたようにヒップを揺すりはじめた。

「舐めてやれよ。妹がおねだりしてるじゃないか」

黒瀬が薄笑いを浮かべながらうながしてくる。確かに真理香も刺激を欲しているらしい。目の前に迫っている割れ目からは、透明な汁がトロトロと溢れていた。

（真理香……いつもみたいに〝お姉ちゃん〟って呼んで）

妹の声を聞きたい一心だった。

見世物にされていることを忘れたわけではないが、切ないほどに愛しさが募っている。呼びかけに応えてほしくて、再び股間に顔を埋めていく。陰唇にキスをして、割れ目にそっと舌を差し入れた。

「はあンっ、いい……気持ちいいよぉ」

真理香が呆けたようにつぶやき、下肢をぶるるっと震わせる。それが嬉しくて、夏希は舌を大胆にピストンさせた。

すると、お返しとばかりに真理香の愛撫が加速する。花びらに唇が密着して、思いきりジュルジュルと吸引された。

「あああッ……」

華蜜を啜られる快感に、思わず腰が跳ねあがる。反射的に脚を閉じて、妹の頭を内腿で挟みこんだ。

「ま、真理香、そんなにされたら……ああッ」

「あンっ、気持ちいい、ああンっ、感じちゃう」

夏希と真理香の喘ぎ声が混ざり合う。二人して腰をよじらせながら、妖しげな快楽の渦に巻きこまれていく。

「姉妹でオマ×コを舐め合ってるぞ」

「どっちが先にイクのか賭けないか？」

「こんな淫乱女が刑事だったとは驚きだな」

観客たちの興奮した息遣いと、蔑むような含み笑いが絶えず聞こえている。しかし、二人は姉妹でのシックスナインにのめりこみ、無我夢中で互いの股間にむしゃぶりついていた。

「ああッ、そこはダメ、あああッ」

妹の舌がクリトリスを捕らえて、唾液と華蜜を塗りたくるようにヌルヌルと転がしてくる。途端に快感曲線がマックスまで跳ねあがり、淫裂から透明な汁がピュッと勢いよく噴きだした。

「はうウッ、も、もうっ……あああッ、もうダメぇっ！」

頭のなかに閃光が走り、背筋がブリッジするようにアーチを描く。妹の太腿にしがみつきながら、夏希は瞬く間に昇り詰めてしまった。

3

「先にイッたのは夏希だな」

絶頂で痺れた頭に、黒瀬の楽しそうな声が聞こえてきた。

「みなさん、先にイッたほうが負けです。敗者の夏希は、罰ゲームとしてペニスバンドをつけた勝者、真理香に犯されます」

観客たちの拍手が響くなか真理香が立たされて、双頭ディルドウ付きの革パンティを穿かされる。内側から伸びている疑似男根を膣に押しこまれ、くねくねと悩ましく腰をくねらせた。

「あンンっ……」

可愛らしい声で喘ぐ真理香の股間から、黒いシリコン製の男根が生えている。幼さの残る顔立ちに似合わない、グロテスクな逸物がそそり勃《た》っていた。

（そんな……真理香……）

妹の姿に衝撃を受けるが、アクメの痺れが全身に残っている。起きあがるどころか、まともに言葉を発することもできなかった。

「真理香、そのチ×ポで姉貴を犯すんだ」

黒瀬が恐ろしいことを命じると、真理香は虚ろな瞳で覆い被さってくる。夏希の膝を左右に割りひろげて、ディルドウの先端を割れ目にクチュッと押しつけてきた。

「あっ、ダメ……真理香、わたしたち姉妹なのよ」

妹の腹部に両手を当てがい、掠れた声で呼びかける。

しかし、真理香は聞こえているのかいないのか、虚ろな瞳で見おろしながら腰を送りこんできた。すると濡れそぼっている蜜壺は、いとも簡単に疑似男根を受け入れてしまう。

「挿《い》れないで、あああッ」

言葉でどんなに否定しても、肉体は痙攣するほど悦んでいる。妹に正常位で貫かれたというのに快感を拒絶できない。ディルドウを押しこまれるほどに、結合部から透明な蜜が溢れて肛門まで濡らしていく。

(そんな、妹なのに……)

頭ではいけないことだとわかっている。しかし、押し返そうとしていた両手は、いつしか妹のほっそりとした腰にまわされていた。

「や、ダメ……真理香、はあぁンっ」

ズブズブと奥まで犯されて、さっそく抽送が開始される。まるでディルドウを馴染ませるような、スローペースのまったりとした動きだ。

「あンっ、気持ちいい」

そのとき、真理香がうっとりした様子でつぶやいた。

双頭ディルドウなので、腰を振ることで自分の膣も刺激している。真理香は姉を犯しながら、自身も激しく濡らしていた。二人の膣口からクチュクチュと湿った音が響いて、観客たちを楽しませてしまう。

「姉妹でセックスして、そんなに感じてるのか？」

「今度はどっちが先にイクんだ？」

「二人ともすぐにイキそうな顔してるぞ」

卑猥な野次が聞こえてくる。

嫌でも男たちの視線を意識するが、逃げることも隠れることもできない。妹のピストンから生じる愉悦は強烈で、しだいに喘ぎ声が大きくなってしまう。華蜜の量がどんどん増えて、ディルドウの抽送が驚くほど滑らかになっていた。

「ああっ、真理香、いけないのに……ああンっ、こんなこと……」

妹の顔を見あげながら悶えつづける。訴えかける言葉も喘ぎ声に変わり、無意識のうちに両手で真理香を抱き寄せてしまう。乳房同士が重なり、柔らかい感触が心地よくひろがった。

（ああ、わたし、なにを……こんなことダメなのに……）

いけないことだと思えば思うほど、身体は快楽を求めはじめる。我慢できずに真理香の背中を掻きむしり、たまらず股間を突きあげた。

「あッ……あッ……」

腰が勝手に動いてとまらない。妹の疑似男根をより深いところで受けとめたくて、膣襞もウネウネと激しく蠕動《ぜんどう》していた。

「あンっ……あンっ……いい、いいっ」

真理香の唇からも、喘ぎ声がひっきりなしに溢れだす。夏希にしがみついて、腰をカクカクと振りたててくる。双頭ディルドウが互いの蜜壺を抉りまわし、蕩けそうな快感が急激に膨らんでいく。

零係の特殊捜査官だった自分が、卑猥なショーを演じさせられている。しかも、実の妹とレズ行為を強要されて、淫らに腰を振り合っていた。

まるで底なし沼のように、凌辱は次から次へとエスカレートしていく。どこまで堕ちていくのか考えると恐ろしくなる。しかし、与えられる快楽も際限なく膨らんでおり、心の片隅で密かに期待している自分にも気づいていた。

「ああッ、真理香……そんなに動かしたら」

シリコンの亀頭が膣の奥まで届いている。力強く抜き差しされて濡れた膣粘膜を摩擦されながら、子宮口をコツコツと連続して叩かれた。

「あッ……あッ……ダ、ダメっ」

妹の首にしがみつき、こみあげる思いのまま頬擦りをする。快感が強すぎて、もうどうすればいいのかわからなかった。

ふいに真理香も頬を押しつけてきた。どんなに呼びかけても反応しなかったのに、甘えるような仕草で頬を擦りつけてくる。

「ま……真理香？」

快楽に流されながらも懸命に呼びかける。すると、真理香は腰を振ってディルドウを抜き差ししながら、喘ぎ混じりにつぶやいた。

「ああンっ……お……お姉ちゃん……」

「ああっ、真理香！」

思わず妹の顔を覗きこむ。すると真理香の瞳には、わずかながら意思の光が戻っていた。肌を重ねるうちに、昔の記憶がよみがえったのかもしれない。壊れかけていた心が修復されて、呼びかけに応えてくれたのだ。

「真理香、わかるのね？　お姉ちゃんのことがわかるのね？」

感激で涙ぐみながら、何度も何度も呼びかけた。すると、真理香も瞳を潤ませながらこくりと頷いてくれた。

「お姉ちゃん、ごめんね……でも、もうとまらないの……はああンっ」

申し訳なさそうにつぶやき、腰の動きを加速させる。すでに二人の蜜壺はぐっしょり濡れており、湿った摩擦音が大きくなった。

「あ、謝らないで……わたしも……あッ、ああッ」

夏希も下から腰をしゃくりあげる。

快楽を教えこまれた肉体がアクメを求めていた。ディルドウをズブズブとピストンされて、快感が爆発的に膨れあがっていく。もう自分を誤魔化せない。このまま妹といっしょに昇り詰めたかった。

「ずいぶん盛りあがってるじゃないか。大勢に見られて興奮してるのか？」

黒瀬がからかうように声をかけてくる。観客たちも唸るような声をあげながら、抱き合う姉妹を見つめていた。

「あああッ、もうダメっ、狂ってしまいそう」

「わたしも、あンっ、あンっ……おかしくなっちゃうっ」

夏希がよがり泣けば、真理香も喘ぎ声を大きくする。

異常なシチュエーションが興奮を高めているのは間違いない。男たちの卑猥な視線すら愛撫になって、自然と腰振りのスピードが速くなる。姉妹で息を合わせて、ディルドウをグイグイと抜き差しした。

「ああッ、もうイッちゃいそう、ねえ、お姉ちゃん、先にイッてもいい？」

「い、いいわよ、好きなときに……ああッ、わたしも……」

「もう我慢できない、イッちゃうっ、あああッ、イクっ、イクううッ！」

先に音《ね》をあげたのは真理香だった。腰を思いきり押しつけて、ディルドウを互いの蜜壺深くに抉りこませながら昇りつめた。

「あああッ、すごいっ、わたしも、ああッ、もうイクっ、イッちゃううッ！」

妹の絶頂に引きずられて、夏希もすぐさまアクメの声を響かせる。真理香の背中に爪を立てて、下肢を巻きつけながら腰をビグビクと震わせた。

二人がほぼ同時にオルガスムスに達すると、観客席のあちこちから男たちの異様な唸り声が聞こえてくる。ペニスを剝きだしにしてオナニーに耽り、姉妹の絶頂に合わせて射精したのだ。

強烈なザーメン臭がステージにまで漂ってくる。おぞましさから逃れるように、夏希と真理香は自然と唇を重ねていた。

(わたし……妹と……)

甘美なる絶頂の余韻が残るなか、舌をねっとりと絡ませる。禁断の果実を囓《かじ》ったことを自覚しながら、夏希は妹の裸体をきつく抱き締めた。

4

首に鎖をつけた夏希と真理香は、ステージ上で四つん這いの姿勢を取らされていた。客席に顔を向ける格好で、肩を寄せ合って並んでいる。スポットライトに照らされた二人の白い肌は、薄暗いなかにボーッと浮きあがっていた。

店内は静まり返っているが、異様な熱気が充満している。

ザーメン臭とタバコの紫煙が漂う空間に、男たちの情欲にギラつく目だけが爛々《らんらん》と光り輝く。粘りつくような視線が姉妹の裸体を這いまわり、ときおり生唾を呑みこむ音が聞こえていた。

もうすぐメインイベントがはじまろうとしている。常連である観客たちはなにが行われるのか知っており、夏希と真理香も薄々気づいていた。

二人の膣には軟膏タイプの媚薬、クレイジーハイがたっぷり塗られている。陰唇やクリトリスはもちろん、蜜壺内にも指を挿入されて、念入りに塗布されてしまった。黒瀬は媚薬を塗る様子すら見世物にした。何度も指を出し入れして、膣粘膜に大量のクレイジーハイをまぶしていったのだ。

すでに媚薬が効力を発揮しはじめている。

夏希は膣の疼きと全身の火照りを感じ、呼吸が荒くなっていくのを懸命にこらえていた。隣の真理香も腰をもぞもぞと動かしている。額に玉の汗を浮かべて、つらそうに表情を歪めていた。

「お姉ちゃん……怖い……」

真理香が雰囲気に耐えきれなくなって声を震わせる。しかし、今の夏希に妹を助ける術はなかった。

「真理香、許して……今は耐えるしかないの――あああッ！」

なんとか妹を元気づけようとした言葉は、途中から喘ぎ声に変わってしまう。背後から腰を摑まれて、無言で女壺を貫かれたのだ。

クレイジーハイの効果で、媚肉はかなり過敏になっている。そこに極太のペニスを挿入されたのだから、快感はいきなりマックスに達してしまう。一気に根元まで押しこまれて、危うく昇り詰めそうになった。

「はああッ、い、いやっ、いきなりなんて……」

犬のように這いつくばったまま、首をねじって背後を見やる。すると、全裸になった黒瀬がニヤつきながらヒップを抱えこんでいた。

「本物のチ×ポはいいだろう。クレイジーハイが効いてきたか？　二人まとめてたっぷり可愛がってやる。みなさんに感じてる顔をよく見てもらうんだな」

さっそくピストンがはじまった。根元まで嵌まっていたペニスが、膣襞を擦りながらゆっくりと引きだされる。大きく張りだしたカリで膣壁を擦り、愛蜜をジュブジュブと掻きだすように後退していく。

「あっ……あっ……」

そして、亀頭が膣口から抜け落ちそうになると、再びカタツムリが這うような速度でズニュウッと押しこまれる。

「はンンっ！」

思わず喘ぎ声が漏れて、髪を振り乱してしまう。

だらしなく蕩けた顔に観客たちの視線が集まっている。それでも、媚薬で疼いている膣襞を太いペニスで擦られる感覚は強烈だ。夢中になってフローリングの床に爪をガリッと立てたとき、隣の真理香が心配そうに声をかけてきた。

「お姉ちゃん……大丈夫？」

「だ、大丈夫、いつも……されてるから……ああンっ」

無理に微笑んでみせるが、すぐに眉が情けなく歪んでしまう。

スローペースのピストンが延々とつづいている。まるで焦らすような刺激だけを送りこまれて、たまらずヒップがくねりだした。

「どうした？　ケツが動いてるぞ」

黒瀬が尻たぶを軽く平手打ちする。その打擲の刺激で反射的に膣が締まり、男根の存在感がなおのこと大きくなった。

「あううっ、い、いやよ……ンンっ」

媚肉が溶けるような愉悦が生じるが、なにしろ抽送がゆっくりすぎる。イクにイケない中途半端な快感に翻弄されて、気づくと自らヒップを押しつけていた。

「我慢できなくなってきたみたいだな。もっとしてほしいか？」

黒瀬が尻たぶをなでまわしながら意地悪く尋ねてくる。しかし、妹や観客たちの前で、求めるようなことを言えるはずがなかった。

「こ、こんなの……いやなだけよ」

「そうか。じゃあ、夏希はやめにして真理香のオマ×コに挿れてやろう」

ペニスはあっさり引き抜かれて、快感を寸止めにされた夏希は虚しさに襲われてしまう。思わず物欲しそうな瞳で振り返ると、黒瀬は唇の端をニヤリと歪めた。

「どうかしたのか？」

「くっ……」

自分のあさましさに気づき、顔を真っ赤にしながら慌てて前を向く。その直後、隣の真理香が裸体をビクッと震わせた。

「はううッ！　お、大きいっ」

どうやら黒瀬に貫かれたらしい。幼さの残る横顔を困ったように歪めて、ピンクの唇から艶めかしい吐息を漏らした。

「クレイジーハイが効いてるみたいだな。オマ×コがドロドロじゃないか」

「あンンっ、や……こんなの……」

「どうだ真理香、俺のチ×ポは好きか？」

黒瀬はやはりゆっくりと腰を動かしている。決してスピードをあげようとせず、焦燥感を煽《あお》るようにじわじわとペニスを抜き差しした。

「あっ……あっ……やンンっ」

真理香が焦れたように腰をよじり、鼻にかかった声で喘ぎはじめる。ときおり恨めしそうに背後を見やるが、なにも言えずに瞳を潤ませていた。

「どうかしたのか？」

黒瀬はわざと焦らしているくせに、薄笑いを浮かべながら意地悪く尋ねる。もちろんそうしている間も、腰は超スローペースで振っていた。

「はンンっ……お、お姉ちゃん」

真理香が半泣きになって、縋《すが》るような瞳で見つめてくる。極太ペニスの抽送に翻弄されているのは明らかだ。

「ああ、真理香……」

夏希は自身も欲情の炎が燻《くすぶ》る身体をくねらせながら、潤んだ瞳で見つめ返した。

羞恥と快感がせめぎ合っているのだろう。自分も体験した直後だから、妹の心情が手に取るようにわかってしまう。

媚薬が染みこんだ媚肉を、あの鋭角的なカリで擦られるのはたまらない刺激だ。わざとゆっくり動かされることで、感度はさらにアップするが満足できない。焦燥感ばかりが募っていくのだ。

「さてと、これくらいにしておくか」

黒瀬はすっと男根を引き抜き、再び夏希の背後に移動する。そして、亀頭をぬっぷりと埋めこんできた。

「あああッ、ま、また……」

疼く膣を貫かれて、またしても強烈な快感がひろがった。蜜壺が勝手にウネウネと蠢き、男根をキュウッと締めあげてしまう。そして、奥へ引きこむように蠕動運動を繰り返した。

「おうっ、こいつはすごいな。チ×ポがオマ×コに食われてるみたいだ」

根元までズブズブと押しこまれるが、飽きもせずにスローペースの抽送だ。子宮口をじんわりと圧迫してから、ゆっくりと後退していく。

「あっ……あぅっ……」

濡れそぼった膣粘膜を擦られる快感に、たまらず自らヒップを突きだした。

前方から「おおっ」という唸り声が聞こえてくる。観客席を見やると、ほとんどの男たちがペニスを剝きだしにしていた。夏希と真理香が犯される様子を眺めて、猿のように男根をしごいている。あまりにもおぞましい光景だった。

「い、いや……もういや……」

「我慢できなくなってきたのか？　だったら、おねだりしてみろ。天国に連れていってやるぞ」

「で、できない……そんなこと……」

じれったさに身悶えながらも、夏希は首を左右に振りたくる。膣は激しい突きこみを求めてヒクついているが、おねだりなどできるはずがなかった。

「じゃあ、お預けだな」

黒瀬は二、三回、軽く抜き差ししただけで結合を解いてしまう。逞しい肉棒を失った膣口が、虚しくパクパクと蠢くのがわかった。

「ああンっ……」

「身体は正直だな。オマ×コが物欲しそうに動いてるぞ」

恥ずかしい指摘をされて、思わず顔をうつむかせる。発情した表情を観客に見られたくない。自ら求める言葉は呑みこんだが、きっと媚びるような牝の顔をしているに違いなかった。

「あンっ、い、いいっ」

真理香の喘ぎ声が聞こえてくる。もう我慢できないとばかりに、くねくねと腰を振りはじめていた。

「見られてるのに、チ×ポが気持ちいいのか？」

「だ、だって……ああっ、もう……もう真理香、おかしくなりそう」

「だったら言うことがあるだろう。みなさんに聞こえるようにおねだりするんだ」

黒瀬はゆったりと腰を振りながら、真理香を徹底的に嬲り抜く。強力な媚薬を使われての焦らし責めに、か弱い妹が耐えられるはずもなかった。

「お姉ちゃん、ごめんなさい……真理香、もうダメなの……」

潤んだ瞳を向けられて、夏希は言葉を返す代わりに小さく頷いた。これ以上、つらい思いをさせたくなかった。

「し、してください……」

真理香が大粒の涙をこぼしながらおねだりする。我慢できないとばかりに、ヒップも左右に振りたくった。

観客たちが椅子から立ちあがる。ペニスをしごきながら、ゆっくりとステージに近づいてきた。

「みんなが見てるぞ。はしたないと思わないのか?」

「だって、もう……ああっ、もっとしてぇっ」

涙声で叫ぶと、ピストンを求めて身体を前後に揺らしはじめる。いかにも清純そうな顔をしているのに、真理香はどうしようもないほど発情していた。

「そこまで言われたら仕方ないな」

黒瀬はもったいぶった調子で言うと、本格的なピストンを開始する。くびれた腰を両手でしっかりと摑んで、尻肉をパンパンッと弾いて剛根を突きこんだ。

「ああッ、こ、これ……ああッ、いいっ」

発情しきっていた真理香は、瞬く間に快楽に呑みこまれていく。すぐ目の前にペニスをしごく男たちが迫ってきても、乳房をユサユサと揺らしながら、はしたない嬌声をあげつづけた。

「イキたかったら、いつでもイッていいんだぞ」

「あンンっ、で、でも……」

わずかに理性が残っているのだろう。真理香は困惑した様子でつぶやき、夏希のことを見つめてきた。

「真理香……いいのよ、我慢しないで」

同じ女だから気持ちがわかる。できるだけやさしく声をかけてあげると、途端に真理香は女体を激しく仰け反らせた。

「あああッ、も、もうっ……あッ、あッ」

「イクんだな？　ようし、みんなで見ててやるから思いきりイッてみろ」

黒瀬がピストンを激しくすると、真理香は泣き顔を左右に振りはじめる。聞いているだけでおかしくなりそうな喘ぎ声を響かせて、オルガスムスへの階段を一気に駆けあがった。

「いいいっ、すごくいいいっ、あああッ、イクイクっ、もうイッちゃううううッ！」

快楽に歪んだ顔を観客に晒し、四つん這いの身体をビクビクと震わせる。ついに衆人環視のなかで絶頂に達したのだ。

するとステージに詰め寄っていた男たちが、低い呻き声をあげながら次々と射精を開始した。

「おおっ、で、出るぞぉっ！」

「お、俺もだ……くおおっ！」

「ようし、ぶっかけてやる！」

噴きだした白濁液が弧を描き、真理香の顔にベチャベチャと着弾する。それでも、真理香はうっとりした様子で喘いでいた。

(ああっ、真理香……そんなによかったの？)

妹の壮絶な絶頂を目の当たりにして、夏希の疼きはなおのこと大きくなる。内腿を擦り合わせてみるが、もちろんそれでは望んでいる快感を得られなかった。

「さてと、おまえはどうするんだ？」

いつの間にか黒瀬が背後に陣取っている。まだ射精していないペニスの先端で、淫裂をそっと擦りあげてきた。

「はンンっ……」

たったそれだけで鮮烈な快感がひろがっていく。しかし、挿入はしてもらえず、叫びたくなるようなもどかしさに襲われた。

「素直になれば挿れてやるぞ。妹みたいにイキたいんじゃないのか？」

黒瀬の言葉に釣られて隣を見やる。真理香は満足そうな顔で、床にぐったりと突っ伏していた。

（わたしも……真理香みたいに……）

周囲に漂っているザーメン臭も、まるで媚薬のように作用している。普段は不快なだけなのに、発情している今は気分を高めるのに一役買っていた。

「無理するな。おまえは女なんだ。ほら、ぶっといチ×ポが欲しいんだろう？」

亀頭の先端を数ミリだけ埋めこまれて、浅瀬をクチュクチュと嬲られる。執拗に苛《いじ》め抜かれて、夏希の精神は崩壊寸前だ。頭が真っ白になり、思考能力が低下してしまう。散々焦らされつづけた身体は、男根から与えられる快楽を欲していた。

「ああっ……」

もっと奥まで挿れてもらいたい。ほとんど無意識のうちにヒップを後ろに突きだした。しかし、絶妙のタイミングですっと逃げられてしまう。

「ああンっ……そんな……」

自分の口から媚びるような声が漏れたことに驚かされる。しかし、もう気持ちよくなることしか考えられなかった。

「ちゃんとおねだりするんだよ。ここまで来たら言えるだろうが」

黒瀬はペニスの先端だけを埋めこんで、腰のくびれをさわさわと爪の先で撫でまわしてくる。またしても焦らされて、たまらず双眸から涙が溢れだした。

「も、もう……苛めないで」

「言うんだ。挿れてくださいと言えば、すぐに望みを叶《かな》えてやるぞ」

もう耐えられなかった。焦らし責めで燃えあがった肉体は、狂おしいほどに男根を求めている。これ以上我慢すれば、頭がおかしくなってしまいそうだった。

「い……挿れて……」

消え入りそうな声でつぶやいた。言った途端に屈辱が湧きあがり、新たな涙が溢れだす。しかし、黒瀬は腰を微かに振るだけで、まだ挿入しようとしなかった。

「挿れてください、だろう?」

「い、挿れて、ください……」

震える唇で懇願した直後、頭のなかでプツッとなにかが切れた。プライドがガラガラと崩れ落ちて、卑しい肉欲だけが後に残る。もう自分をコントロールすることができず、恥裂から透明な汁を滴らせた。

「はああっ……も、もう……」

「ククッ、そんなに俺のチ×ポが欲しいのか?」

亀頭が半分ほど沈みこんでくるが、望んでいる刺激とは程遠い。かえって焦燥感が募り、たまらずヒップを左右に振りたてた。

「あぁっ、お願い……お願いです、チ×ポ挿れてください」

たまらず泣きながら懇願する。すると、ようやく待ち望んでいた極太ペニスが、陰唇を巻きこむようにねじこまれてきた。

「はううッ！」

「まったく淫乱な女刑事だ。ほれ、これが欲しかったんだろう？」

「こ、これ……あああッ、これが欲しかったの……い、いいっ」

焦らし抜かれたあとのご馳走は格別だ。膣襞をゴリゴリと削るように擦られて、気絶しそうな快感が突き抜けた。

「いいっ……気持ちいいっ……」

「たっぷり泣かせてやる。観客のみなさんを楽しませるんだぞ」

ひと息に根元まで挿入されたと思ったら、間髪を容れずに力強いピストンが開始される。凄まじい勢いでペニスを抜き差しされて、たまらず絶叫にも似たよがり泣きが迸った。

「あああッ、もっと、あああッ、もっとぉっ」

「つたく、下品な女だな。オマ×コがグチョグチョじゃないか」

黒瀬も興奮した様子で腰を打ちつけてくる。男根を力強く穿《うが》ちこみ、華蜜まみれの膣道を抉ってきた。

「あぁッ、いい、いいっ、もう我慢できない、あああッ」

訳がわからなくなり、快楽を求めて腰を振りたてる。すると観客たちが目の前に集まり、いっせいにペニスをしごきはじめた。

「今度はこっちの女にぶっかけてやる」

「女刑事に顔射か。興奮するぜ」

「おおっ、もう出そうですよ」

感じている顔を覗きこまれ、下品な言葉をかけられる。屈辱感が膨らむとともに、感度がぐんとアップした。

「も、もうダメっ、あああッ、もうイッちゃいそうっ」

「ようし、イカせてやる。俺が出すと同時にイクんだぞ」

ピストンが激しさを増し、アクメの波が急激に押し寄せてくる。目の前で自慰に耽っている男たちも、手の動きを加速させた。

「うおっ、で、出るっ！」

誰かひとりが呻いて射精すると、それを合図に他の男たちも次々と暴発する。ザーメンがまるでシャワーのように四方八方から降り注ぐ。夏希の鼻や頬や唇に、おぞましい牡汁がたっぷりと付着した。

「いやああッ、もうダメっ、あッ、あッ、もうダメぇっ」

穢されることで被虐感が刺激されて、たまらず男根を締めつける。すると黒瀬が唸り声をあげながら射精を開始した。

「夏希もいっしょにイクんだっ……おおおッ、うおおおおッ！」

「あああッ、出てる、なかに、あああッ、気持ちいいっ、あッ、あッ、イクっ、イキますっ、あああッ、イッちゃううぅぅぅッ！」

女豹《めひょう》のポーズでザーメンまみれの顔を晒し、背骨が折れそうなほど反り返る。これ以上ないほど大声で泣き叫び、汗でぬめる乳房をブルブルと震わせていった――。

夏希はイキ果てて、朦朧としていた。

全身を硬直させて焦点の合わない瞳を宙に向ける。しばらく固まっていたが、ペニスを引き抜かれると糸が切れたように崩れ落ちた。

これまでにないほど深い絶頂だった。

強力な媚薬、クレイジーハイを使われて、たっぷり焦らされたのだ。とてもではないが耐えられなかった。

しかし、おかげで少し正気を取り戻すことができた。アクメに達したことで、媚薬による粘膜の疼きが収まった。

卑猥なショーで盛りあがった客たちが、満足そうに席へと戻っていく。黒瀬は背後で服を着ているところだ。夏希の首輪を繋いでいた鎖から手を離していた。舞台袖には銃を持った男たちが待機しているが、フロアには観客しかいない。

千載一遇《せんざいいちぐう》のチャンスだった。

アクメの余韻と疲労の蓄積で、身体は鉛のように重くなっている。しかし、今は拘束されていないのだ。喧噪のなか、夏希はいきなり立ちあがるとステージから飛び降りた。そのまま客席の間を全速力で駆け抜ける。

レイプされながら、フロアの右奥に出入口のドアがあるのを確認していた。周囲は各界の有力者ばかりなので、万が一のことを考えて発砲できないはずだ。

(真理香、必ず助けに来るから)

心のなかで謝りながら客の間をダッシュする。

絶望に埋め尽くされていた夏希の心は、妹と再会したことでよみがえった。しかし、半失神状態の真理香を連れだす体力は残っていない。とにかく、自分ひとりでも逃げだし、後から救出するしか地獄を終わらせる方法はなかった。

フロアの奥に辿り着き、勢いよくドアを開け放つ。なんとか逃げ切れたと思った直後、夏希は顔を引きつらせて立ち止まった。

「裸でどこに行くんですか？」

ドアの外には、拳銃を構えた圭介が立っていた。

口もとにニヒルな笑みを浮かべて、目の奥には冷徹な炎を灯している。特殊捜査官の訓練を受けている彼の銃口は、夏希の心臓をピタリと捉えていた。

エピローグ

「おおっ、いい気持ちだ。二人ともよっぽどチ×ポが好きなんだな」

圭介は自分の股間を見おろして、思わず相好《そうごう》を崩してつぶやいた。

スーツ姿でスラックスとボクサーブリーフを膝までおろし、隆々とそそり勃《た》つペニスを剝きだしにしている。目の前には夏希と真理香がひざまずき、まるでソフトクリームを舐めるように左右から勃起に舌を這わせていた。

ここはNF製薬研究所、第七研究棟の地下室だ。

姉妹は一糸纏わぬ姿で首輪を嵌めており、太いチェーンで床のフックに繋がれている。二人ともすっかり従順になり、ダブルフェラに没頭していた。

「ンっ……ンっ……」

「はむっ……むぅっ」

夏希が肉竿を念入りにペロペロと舐めあげれば、真理香が圭介の亀頭をぱっくりと咥えこむ。すると、至上の悦びが股間から全身へとひろがった。

すべては圭介が描いた絵図のとおりに運んでいた。

姉妹奴隷はH組からの褒美だ。夏希と真理香はあれ以後も何度かショーに出演させられたが、圭介の要望が通って黒瀬から姉妹を下げ渡された。今では圭介がご主人さまとなって、この地下室で飼っている。黒瀬はショーに出したがっていたが、圭介の貢献度が組の幹部に評価された結果だった。

零係の情報を流し、真理香を誘拐するように進言した。一ヵ月ほど前、ショーの会場から逃げようとした夏希を待ち伏せして捕らえたのも圭介だ。夏希は完全に堕ちていないと踏んで待機していたのだが、読みがずばりと的中した。

「夏希さん、玉袋のほうもしゃぶるんですよ」

頭を撫でながら命じると、夏希は股の間に潜りこんで皺袋にしゃぶりつく。真理香も肉棒を咥えてゆるゆると首を振っていた。

「ああ、気持ちいい。もうすぐ出しますからね」

この美姉妹を手に入れられるのなら、協力報酬の金などいらなかった。

二人の奴隷は破格といっていい褒美だが、ドラッグ製造工場である第七研究棟を守ったのだから、それに見合った報酬だと思っている。もちろん、これからも協力して警察の情報を流すという条件つきだ。

圭介は零係の責任者となった。夏希は事件に巻きこまれたのではなく失踪したことになっているので、警察が本格的に捜査することはないだろう。もちろん、そうなるように圭介が仕組んだのだ。

「俺だけの奴隷になったんだ。夏希さんも真理香ちゃんも……ううっ」

ダブルフェラの快感に酔いながら、想いを寄せていた夏希を手に入れたことを実感していた。

この地下室に出入りできるのは圭介だけだ。姉妹にはH組もNF製薬ももう関わっていない。圭介の所有物として個人で管理している。とはいえ、姉妹は完全に奴隷化しているので、以前のように警戒する必要はなかった。脱出に失敗した夏希は、その後さらに激しい調教を姉妹で受けていた。

「もう出そうだ……で、出るよ……ううッ、くうううッ！」

真理香の口からペニスを引き抜くと同時に、白濁液を勢いよく撒《ま》き散らす。姉妹の顔にまんべんなくかかるよう、腰を右に左に振りながら射精した。

「ああっ、素敵……」

「この匂い、好きですぅ」

夏希と真理香は顔を上向かせて、うっとりした表情でザーメンシャワーを受けとめる。二人ともマゾ奴隷の姿がすっかり板についていた。

「まだまだこんなもんじゃない。たっぷり可愛がってあげますよ」

　床にマットを敷いて仰向けになると、指示を出すまでもなく真理香がまたがってくる。足の裏をマットにつけた騎乗位でペニスを挿入して、さっそく膝を屈伸させるように腰を振りはじめた。

「あッ……あッ……大きいです」

「真理香ちゃんもすっかりいやらしくなったね。大きいチ×ポが好きなんだろう？」

「あンっ、好き、平岸さんのおチ×ポ、大好きです」

　天使のように清純だった真理香が、乳房をタプタプ揺すりながらM字開脚でペニスを出し入れしている。可愛い顔を快楽に歪めて、一心不乱に男根を貪っていた。

「ああッ、いいっ、すごく感じちゃうぅ」

「もう我慢できなくなったのかい？」

「だって、ゴリゴリ擦られると……あああッ」

　真理香は感じやすく、挿入するとすぐに昇り詰めてしまう。今後はもう少し我慢できるように調教するつもりだ。

「あッ、あッ、もう……ああッ、もうイッちゃいそうです」

　泣き顔で懇願されると、まあいいかという気持ちになってくる。なにしろ、この後には本命の夏希が控えているのだから。

「仕方ないな。次からは俺を先にイカせるんだよ」

「は、はい……あああッ、イ、イクっ、もうイキますっ、ああッ、イクうううッ！」

真理香が舌足らずな声でよがり泣き、腰をビクビクと震わせる。男根を思いきり締めつけられるが、懸命に射精感をやりすごした。

あっさり昇り詰めると、真理香はぐったりして隣に横たわる。すると黙って正座をしていた夏希が、もじもじと這い寄ってきた。

「平岸くん、お願い……わたしも……」

よほど欲情しているらしい。勝手にまたがってくると、妹の愛蜜にまみれたペニスを膣に呑みこんでいく。蜜壺はすでに愛蜜が滴るほど濡れており、反り返った肉柱をいとも簡単に受け入れていった。

「あンンっ、太い……ああっ、すごく硬いわ」

両膝をマットにつけた騎乗位だ。夏希は瞳をとろんと潤ませて、呆けたようにつぶやいた。そして、圭介の腹に両手を置くと、もう我慢できないとばかりに腰を振りはじめる。ねちねちと前後にしゃくりあげるような動きだ。

「ううっ、ずいぶん積極的ですね、そんなにしたかったんですか？」

「やン、意地悪……あッ……あッ……」

「し、締まる……夏希さんのオマ×コ、すごく締まってますよ」

陰毛を擦り合わせるようにクイクイと腰を振るたび、蜜壺の締まりがよくなっていく。食いちぎられそうな勢いで絞りあげられ、早くも射精感が押し寄せてきた。

「くっ……すごいっ、そんなにされたら……」

反撃とばかりに両手を伸ばし、美麗な巨乳を揉みしだく。下から掬《すく》いあげるように捏ねまわしては、濃いピンクの乳首を指先でクリクリと転がした。

「あンンっ、それダメ、感じすぎちゃう……あああッ」

夏希は眉を悩ましく歪めると、くびれた腰を激しく振りはじめる。締まり具合も数段アップして、ペニスが奥へ奥へと引きこまれた。

「くおおッ、も、もうダメだっ、夏希さんっ」

「ああッ、わたしも、お願い、奥にいっぱいかけてぇっ」

かつての美人上司があられもない声でザーメンをねだっている。いつでも好きなときに、憧れの夏希を犯すことができるのだ。

「夏希さんっ、もう絶対に離しませんよ！」

圭介は乳房を鷲摑みにしながら腰を突きあげて、最奥部で欲望を解き放った。ペニスが激しく脈打ち、沸騰したザーメンが光の速さで噴きだした。

「うおおおッ、夏希さんもいっしょに……ぬおおおおおッ！」

「あああッ、熱いっ、ああッ、イクイクっ、夏希もイッちゃううッ！」

中出しと同時に夏希も顎を跳ねあげて、パーフェクトなボディを仰け反らす。裸電球の下でも、抜群のプロポーションは眩《まばゆ》く輝いて見えた。

「おおッ、まだまだ出ますよっ」

いつにも増して凄まじい快感だった。

圭介はすべてを手に入れた勝利感に酔いしれながら、睾丸が空になるまでザーメンを放ちつづけた。

夏希も満足したらしい。天を仰ぐ格好で硬直していた身体が脱力し、圭介の胸板に倒れこんできた。

幸せだった。この快感を一生味わうことができるのだ。夏希さえいれば、もう他の女など目に入らなかった。ひと目見たときから、ずっと彼女を手に入れたいと思ってきた。憧れの女刑事を完全に自分のものにした喜びは格別だった。

「夏希さん……最高だったよ」

そっと抱き締めようとしたとき、夏希が腕からスルリとすり抜けた。

「え……？」

突然、夏希の瞳がギラリと光り、背筋がゾッと寒くなる。反射的に身を起こそうとするが、背後にまわりこまれて、腕を首に巻きつけられた。

「うぐっ……」

圭介は慌ててもがくが後の祭りだ。気づいたときには裸締めを極められていた。柔術の有段者の技は、一度極《き》まったら外すことはまず不可能だ。

「おまえと黒瀬は絶対に許さない」

低く抑えた声が耳もとで聞こえた直後、頸椎《けいつい》がゴキッと嫌な音をたてた。

圭介が痛みを感じたのは一瞬だけで、急速に全身から力が抜けていく。もう声をあげることも、瞬きすることもできなかった。

スーツのポケットを探られて、チェーンと地下室の鍵が奪われる。

姉妹が手を取り合って地下室から出ていくのが見えた直後、意識がふっと闇に呑みこまれた。


（了）

※本書は二〇一二年一〇月に刊行された竹書房ラブロマン文庫『堕とされた女捜査官』の新装版です。

※本作品はフィクションです。作品内に登場する団体、
人物、地域等は実在のものとは関係ありません。

長編官能小説

堕《お》とされた女《おんな》捜《そう》査《さ》官《かん》

〈新装版〉

2020年11月27日　初版第一刷発行

著者……………………………………………… 甲斐冬馬

ブックデザイン……………… 橋元浩明（sowhat.Inc.）

発行人…………………………………………後藤明信
発行所………………………………株式会社竹書房
〒102-0072　東京都千代田区飯田橋2－7－3
電　話：03-3264-1576（代表）
03-3234-6301（編集）
竹書房ホームページ　http://www.takeshobo.co.jp
印刷所…………………………中央精版印刷株式会社

定価はカバーに表示してあります。
乱丁・落丁の場合には当社までお問い合わせ下さい。
ISBN978-4-8019-2457-4 C0193

竹書房ラブロマン文庫　近刊目録

好評既刊

時代官能小説
艶討ち始末人
八神淳一　著
江戸時代。美しき女暗殺者は敵に囚われ淫らな肉体を蹂躙される…！　巨匠が描く時代官能エンターテインメント。
726円

長編官能小説
田舎の盛り妻
桜井真琴　著
支社に飛ばされた男は地元の人妻たちに甘く誘われて!?　純朴かつ性に貪欲な田舎妻を描く、地方エロスの決定版。
726円

長編官能小説
ふしだら近所づきあい
梶　怜紀　著
ひょんなことから中年男はご近所の美女たちにモテまくるようになって…!?　気鋭が描く町内ハーレムエロス！
726円

長編官能小説
まぐわい村の義姉
九坂久太郎　著
十数年ぶりに帰郷した青年はなぜか村の美女たちから淫らな奉仕を受ける毎日を…。快楽の誘惑ハーレムロマン！
726円